U0905580

让心灵更自由

冯骥才 著

中国友谊出版公司

图书在版编目（CIP）数据

让心灵更自由 / 冯骥才著 . — 北京 : 中国友谊出版公司 , 2018.8
ISBN 978-7-5057-4473-8

Ⅰ . ①让… Ⅱ . ①冯… Ⅲ . ①散文集 – 中国 – 当代 Ⅳ . ① I267

中国版本图书馆 CIP 数据核字 (2018) 第 191193 号

书名 让心灵更自由
作者 冯骥才
出版 中国友谊出版公司
发行 中国友谊出版公司
经销 新华书店
印刷 北京鑫海达印刷有限公司
规格 880 × 1230 毫米 32 开
9 印张 185 千字
版次 2018 年 10 月第 1 版
印次 2018 年 10 月第 1 次印刷
书号 ISBN 978-7-5057-4473-8
定价 45.00 元
地址 北京市朝阳区西坝河南里 17 号楼
邮编 100028
电话 (010)64668676

生活是不会亏待人的。它往往在苦涩难当的时候，叫你尝到最甜的蜜。

活着，却没白白地活着，
这便是人生最大的幸福和安慰。

目 录

第三章 精神领地：*人为了看见自己的内心才画画*

第四章 灵魂的巢：*家庭是世界上唯一可以不设防的地方*

第五章 城市印象：*珍视历史就是保护它的原貌与原状*

第六章 抢救遗产：今天为之努力的，是为了明天的回忆

人生的力量全是对手给的，那就是要把对手的压力吸入自己的骨头里。强者之力最主要的是承受力。只有在匪夷所思的承受中才会感到自己属于强者，也许为此，我的写作一大半是在夏季。

第一章 四季

春天最先是闻到的

逼来的春天

那时，大地依然一派毫无松动的严冬景象，土地邦硬，树枝全抽搐着，害病似的打着冷战；雀儿们晒太阳时，羽毛奓开好像绒球，紧挤一起，彼此借着体温。你呢，面颊和耳朵边儿像要冻裂那样的疼痛……然而，你那冻得通红的鼻尖，迎着凛冽的风，却忽然闻到了春天的气味！

春天最先是闻到的。

这是一种什么气味？它令你一阵惊喜、一阵激动，一下子找到了明天，也找到了昨天——那充满诱惑的明天和同样季节、同样感觉却流逝难返的昨天。可是，当你用力再去吸吮这空气时，这气味竟又没了！你放眼这死气沉沉冻结的世界，准会怀疑它不过是瞬间的错觉罢了。春天还被远远隔绝在地平线之外吧。

但最先来到人间的春意，总是被雄踞大地的严冬所拒绝、所稀释、所泯灭。正因为这样，每逢这春之将至的日子，人们会格外兴奋、敏感和好奇。

如果你有这样的机会多好——天天来到这小湖边，你就能亲眼看到冬天究竟怎样退去，春天怎样到来，大自然究竟怎样完成这一年一度起死回生的最奇妙和最伟大的过渡。

但开始时，每瞧它一眼，都会换来绝望。这小湖干脆就是整整一块巨大无比的冰，牢牢实实，坚不可摧。它一直冻到湖底了吧？鱼儿全死了吧？灰白色的冰面在阳光反射里光芒刺目，小鸟从不敢在这寒气逼人的冰面上站一站。

逢到好天气，一连多天的日晒，冰面某些地方会融化成水，别以为春天就从这里开始。忽然一夜寒飙过去，转日又冻结成冰，恢复了那严酷肃杀的景象。若是风雪交加，冰面再盖上一层厚厚的雪被，春天真像天边的情人，愈期待愈迷茫。

然而，一天，湖面一处，一大片冰面竟像沉船那样陷落下去，破碎的冰片斜插水里，好像出了什么事！这除非是用重物砸开的，可什么人，又为什么要这样做呢？但除此之外，并没发现任何异常的细节。那么你从这冰面无缘无故的坍塌中是否隐隐感到了什么……刚刚从裂开的冰洞里露出的湖水，漆黑又明亮，使你想起一双因为爱你而无限深邃又脉脉的眼睛。

这坍塌的冰洞是个奇迹，尽管寒潮来临，水面重新结冰，但在白日阳光的照耀下又很快地融化和洞开。冬的伤口难以愈合。冬的黑子出现了。

冬天与春天的界限是瓦解。

冰的坍塌不是冬的风景，而是隐形的春所创造的第一幅壮丽的图画。

跟着，另一处湖面，冰层又坍塌下去。一个、两个、三个……随后湖面中间闪现一条长长的裂痕，不等你确认它的原因和走向，居然又发现几条粗壮的裂痕从斜刺里交叉过来。开始这些裂痕发白，渐渐变黑，这表明裂痕里已经浸进湖水。某一天，你来到湖边，会止不住出声地惊叫起来，巨冰已经裂开！黑黑的湖水像打开两扇沉重的大门，把一分为二的巨冰推向两旁，终于袒露出自己阔大、光滑而迷人的胸膛……

这期间，你应该在岸边多待些时候，你就会发现，这漆黑而依旧冰冷的湖水泛起的涟漪，柔软又轻灵，与冬日的寒浪全然两样了。那些仍然覆盖湖面的冰层，不再光芒夺目，它们黯淡、晦涩、粗糙和发脏，表面一块块凹下去。有时，忽然“咔嚓”清脆的一响，跟着某一处，断裂的冰块应声漂移而去……尤其动人的，是那些在冰层下憋闷了长长一冬的大鱼，它们时而激情难耐，猛地蹦出水面，在阳光下银光闪烁打个“挺儿”，“哗啦”落入水中。你会深深感到，春天不是由远方来到眼前，不是由天外来到人间；它原是深藏在万物的生命之中的，它是从生命深处爆发出来的，它是生的欲望、生的能源与生的激情。它永远是死亡的背面。唯此，春天才是不可遏制的。它把酷烈的严冬作为自己的序曲，不管这序曲多么漫长。

追逐着凛冽的朔风的尾巴，总是明媚的春光；所有冻凝的冰的核儿，都是一滴春天的露珠。那封闭大地的白雪下边是什么？你挥动大帚，扫去白雪，一准是连天的醉人的绿意……

你眼前终于出现这般景象：宽展的湖面上到处浮动着大大小小的冰块。这些冬的残骸被解脱出来的湖水戏弄着，今儿推到湖这边，明日又推到湖那边。早来的候鸟常常一群群落在浮冰上，像乘载游船，欣赏着日渐稀薄的冬意。这些浮冰不会马上消失，有时还会给一场春寒冻结在一起，霸道地凌驾湖上，重温昔日威严的梦。然而，春天的湖水既自信又有耐性，有信心才有耐性。它在这浮冰四周，扬起小小的浪头，好似许许多多温和而透明的小舌头，去舔弄着这些渐软渐松渐小的冰块……最后，整个湖中只剩下一块肥皂大小的冰片片了，湖水反而不急于吞没它，而是把它托举在浪波之上，摇摇晃晃，一起一伏，展示着严冬最终的悲哀、无助和无可奈何……终于，它消失了。冬，顿时也消失于天地间。这时你会发现，湖水并不黝黑，而是湛蓝湛蓝。它和天空一样的颜色。

天空是永远宁静的湖水，湖水是永难平静的天空。

春天一旦跨到地平线这边来，大地便换了一番风景，明朗又朦胧。它日日夜夜散发着一种气息，就像青年人身体散发出的气息。清新的、充沛的、诱惑而撩人的，这是生命本身的气息。大地的肌肤——泥土，松软而柔和；树枝再不抽搐，软软地在空中自由舒展，那纤细的枝梢无风时也颤悠悠地摇动，招呼着一个万物萌芽的季节的到来。小鸟们不必再奓开羽毛，个个变得光溜精灵，在高天上扇动阳光飞翔……湖水因为春潮涨满，仿佛与天更近；静静的云，说不清在天上还是在水里……湖边，湿漉漉的泥滩上，那些东倒西歪的去年的枯苇棵里，一些鲜绿夺目、又尖又硬的苇芽，破土而出，愈看愈多，有的地方竟已簇密成片了。你真惊奇！在这之前，它们竟逃过你细心的留意，一旦发现，即已充满咄咄的生气了！难道这是一夜春风、一阵春雨或一日春晒，便齐刷刷钻出地面？来得又何其神速！这分明预示着，大自然囚禁了整整一冬的生命，要重新开始新的一轮竞争了。而它们，这些碧绿的针尖一般的苇芽，不仅叫你看到了崭新的生命，还叫你深刻地感受到生命的锐气、坚韧、迫切，还有生命和春的必然。

苦夏

这一日，终于撂下扇子。来自天上干燥清爽的风，忽吹得我衣飞举，并从袖口和裤管钻进来，把周身滑溜溜地抚动。我惊讶地看着阳光下依旧夺目的风景，不明白数日前那个酷烈非常的夏天突然到哪里去了。

是我逃遁似的一步跳出了夏天，还是它就像一九七六年的“文革”那样——在一夜之间崩溃?

身居北方的人最大的福分，便是能感受到大自然的四季分明。我特别能理解一位新加坡朋友，每年冬天要到中国北方住上十天半个月，否则会一年里周身不适。好像不经过一次冷处理，他的身体就会发酵。他生在新加坡，祖籍中国河北，虽然人在“终年都是夏”的新加坡长大，血液里肯定还执着地潜在着大自然四季的节奏。

四季是来自宇宙的最大的拍节。在每一个拍节里，大地的景观便全然变换与更新。四季还赋予地球以诗，故而悟性极强的中国人，在四言绝句中确立的法则是：起、承、转、合。这四个字恰恰就是四季的本质。起始如春，承续似夏，转变若秋，合拢为冬。合在一起，不正是地球生命完整的一轮？为此，天地间一切生命全都依从着这一拍节，无论岁岁枯荣与生死的花草百虫，还是长命百岁的漫漫人生。然而在这生命的四季里，最壮美和最热烈的不是这长长的夏吗？

女人们孩提时的记忆散布在四季，男人们的童年往事大多是在夏天里。这由于，我们儿时的伴侣总是各种各样的昆虫。蜻蜓、天牛、蚂蚱、螳螂、蝴蝶、蝉、蚂蚁、蚯蚓，此外还有青蛙和鱼儿。它们都是夏日生活的主角，每种昆虫都给我们带来无穷的快乐。甚至我对家人和朋友们记忆最深刻的细节，也都与昆虫有关。比如妹妹一见到壁虎就发出一种特别恐怖的尖叫，比如邻家那个斜眼的男孩子专门残害蜻蜓，比如同班一个最好看的女生头上花形的发卡总招来蝴蝶落在上边。再比如，父亲睡在铺了凉席的地板上，夜里翻身居然压死了一只蝎子。这不可思议的事使我感到父亲的无比强大。后来父亲挨斗，挨整，写检查，我劝慰和宽解他，怕他自杀，替他写检查——那是我最初写作的内容之一。这时候父亲那种强大感便不复存在。生活中的一切事物，包括夏天的意味全都发生了变化。

在快乐的童年里，根本不会感到蒸笼般夏天的难耐与难熬。唯有在此后艰难的人生里，才体会到苦夏的滋味。快乐把时光缩短，苦难把岁月拉长，一如这长长的仿佛没有尽头的苦夏。但我至今不喜欢谈自己往日的苦楚与磨砺。相反，我却从中领悟到“苦”字的分量。苦，原是生活中的蜜。人生的一切收获都压在这沉甸甸的苦字的下边，然而一半的苦字下边又是一无所有。你用尽平生的力气，最终所获与初始时的愿望竟然去之千里。你该怎么想?

于是我懂得了这苦夏——它不是无尽头的暑热的折磨，而是我们顶着毒日头默默又坚忍的苦斗的本身。人生的力量全是对手给的，那就是要把对手的压力吸入自己的骨头里。强者之力最主要的是承受力。只有在匪夷所思的承受中才会感到自己属于强者，也许为此，我的写作一大半是在夏季。很多作家包括普希金不都是在爽朗而惬意的秋天里开花结果？我却每每进入炎热的夏季，反而写作力加倍地旺盛。我想，这一定是那些沉重的人生的苦夏，煅造出我这个反常的性格习惯。我太熟悉那种写作久了，汗湿的胳膊粘在书桌玻璃上的美妙无比的感觉。

在维瓦尔第的《四季》中，我常常只听“夏”的一章。它使我激动，胜过春之蓬发、秋之灿烂、冬之静穆。友人说“夏”的一章，极尽华丽之美。我说我从中感受到的，却是夏的苦涩与艰辛，甚至还有一点儿悲壮。友人说，我在这音乐情境里已经放进去太多自己的故事。我点点头，并告诉他我的音乐体验。音乐的最高境界是超越听觉；不只是它给你，更是你给它。

年年夏日，我都会这样体验一次夏的意义，从而激情迸发，心境昂然。一手撑着滚烫的酷暑，一手写下许多文字来。

今年我还发现，这伏夏不是被秋风吹去的，更不是给我们的扇子轰走的——

夏天是被它自己融化掉的。

因为，夏天的最后一刻，总是它酷热的极致。我明白了，它是耗尽自己的一切，才显示出夏的无边的威力。生命的快乐是能量淋漓尽致地发挥。但谁能像它这样，用一种自焚的形式，创造出这火一样辉煌的顶点？

于是，我充满了夏之崇拜！我要一连跨过眼前的辽阔的秋、悠长的冬和遥远的春，再一次邂逅你，我精神的无上境界——苦夏！

秋天的音乐

你每次上路出远门千万别忘记带上音乐，只要耳朵里有音乐，你一路上对景物的感受就全然变了。它不再是远远待在那里、无动于衷的样子，在音乐撩拨你心灵的同时，也把窗外的景物调弄得易感而动情。你被种种旋律和音响唤起的丰富的内心情绪，这些景物也全部神会地感应到了，它还随着你的情绪奇妙地进行自我再造。你振作它雄浑，你宁静它温存，你伤感它忧患，也许同时还给你加上一点人生甜蜜的慰藉，这是真正知友心神相融的交谈……河湾、山脚、烟光、云影、一草一木，所有细节都浓浓浸透你随同音乐而流动的情感，甚至它一切都在为你变形，一幅幅不断变换地呈现出你心灵深处的画面。它使你一下子看到了久藏心底的那些不具体、不成形、朦胧模糊或被时间湮没了的感受，于是你更深深坠入被感动的旋涡里，享受这画面、音乐和自己灵魂三者融为一体的特殊感受……

秋天十月，我松松垮垮地套上一件粗线毛衣，背个大挎包，去往东北最北部的大兴安岭。赶往火车站的路上，忽然发觉只带了录音机，却把音乐磁带忘记在家，恰巧路过一个朋友的住处，他是音乐迷，便跑进去向他借。他给我一盘说是新翻录的，都是“背景音乐”。我问他这是什么曲子，他怔了怔，看我一眼说：

“秋天的音乐。”

他多半是随意一说，搪塞我。这曲名，也许是他看到我被秋风吹得松散飘扬的头发，灵机一动得来的。

火车一出山海关，我便戴上耳机听起这秋天的音乐。开端的旋律似乎熟悉，没等我怀疑它是不是真正地描述秋天，下巴发懒地一蹭粗软的毛衣领口，两只手搓一搓，让干燥的凉手背给湿润的热手心舒服地摩擦摩擦，整个身心就进入秋天才有的一种异样温暖甜醉的感受里了。

我把脸颊贴在窗玻璃上，挺凉，带着享受的渴望往车窗外望去，秋天的大自然展开一片辉煌灿烂的景象。阳光像钢琴明亮的音色洒在这收割过的田野上，整个大地像生过婴儿的母亲，幸福地舒展在开阔的晴空下，躺着，丰满而柔韧的躯体！从麦茬里裸露出浓厚的红褐色是大地母亲健壮的肤色；所有树林都在炎夏的竞争中把自己的精力膨胀到头，此刻自在自如地伸展它优美的枝条；所有金色的叶子都是它的果实，一任秋风翻动，煌煌夸耀着秋天的富有。真正的富有感，是属于创造者的；真正的创造者，才有这种潇洒而悠然的风度……一只鸟儿随着一个轻扬的小提琴旋律腾空飞起，它把我引向无穷纯净的天空。任何情绪一入天空便化作一片博大的安寂。这愈看愈大的天空有如伟大哲人恢宏的头颅，白云是他的思想。有时风云交会，会闪出一道智慧的灵光，响起一句警示世人的哲理。此时，哲人也累了，沉浸在秋天的松弛里。它高远，平和，神秘无限。大大小小、松松散散的云彩是他思想的片段，而片段才是最美的，无论思想还是情感……这千形万状精美的片段伴同空灵的音响，在我眼前流过，还在阳光里洁白耀眼。那乘着小提琴旋律的鸟儿一直钻向云天，愈高愈小，最后变成一个极小的黑点儿，忽然“噗”地扎入一个巨大、蓬松、发亮的云团……

我陡然想起一句话：

“我一扑向你，就感到无限温柔呵。”

我还想起我的一句话：

“我睡在你的梦里。”

那是一个清明的早晨，在实实在在酣睡一夜醒来时，正好看见枕旁你朦胧的、散发着香气的脸说的。你笑了，就像荷塘里、雨里、雾里悄然张开的一朵淡淡的花。

接下去的温情和弦，带来一片疏淡的田园风景。秋天消解了大地的绿，用它中性的调子，把一切色泽调匀。和谐又高贵，平稳又舒畅，只有收获过了的秋天才能这样静谧安详。几座闪闪发光的麦秸垛，一缕银蓝色半透明的炊烟，这儿一棵那儿一棵怡然自得站在平原上的树，这儿一只那儿一只慢吞吞吃草的杂色的牛。在弦乐的烘托中，我心底渐渐浮起一张又静又美的脸。我曾经用吻，像画家用笔那样勾勒过这张脸：轮廓、眉毛、眼睛、嘴唇……这样的勾画异常奇妙，无形却深刻地记住。你嘴角的小涡、颤动的睫毛、鼓脑门和尖俏下巴上那极小而光洁的平面……

近景从眼前疾掠而过，远景跟着我缓缓向前，大地像唱片慢慢旋转，耳朵里不绝地响着这曲人间牧歌。

一株垂死的老树一点点走进这巨大唱片的中间来。它的根像唱针，在大自然深处划出一支忧伤的曲调。心中的光线和风景的光线一同转暗，即使一湾河水强烈的反光，也清冷，也刺目，也凄凉。一切阴影都化为行将垂暮秋天的愁绪；萧疏的万物失去往日共荣的激情，各自挽着生命的孤单；篱笆后一朵迟开的小葵花，像你告别时在人群中伸出的最后一次招手，跟着被轰隆隆前奔的列车甩到后边……春的萌动、战栗、骚乱，夏的喧闹、蓬勃、繁华，全都销匿而去，无可挽回。不管它曾经怎样辉煌，怎样骄傲，怎样光芒四射，怎样自豪地挥霍自己的精力与才华，毕竟过往不复。人生是一次性的；生命以时间为载体，这就决定人类以死亡为结局的必然悲剧。谁能把昨天和前天追回来，哪怕再经受一次痛苦的诀别也是幸福，还有那做过许多傻事的童年，年轻的母亲和初恋的梦，都与这老了的秋天去之遥远了。一种浓重的忧伤混同音乐漫无边际地散开，渲染着满目风光。我忽然想喊，想叫这列车停住，倒回去！

突然，一条大道纵向冲出去，黄昏中它闪闪发光，如同一支号角嘹亮吹响，声音唤来一大片拔地而起的森林，像一支金灿灿的铜管乐队，奏着庄严的乐曲走进视野。来不及分清这是音乐还是画面变换的缘故，心境陡然一变，刚刚的忧愁一扫而光。当浓林深处一棵棵依然葱绿的幼树晃过，我忽然醒悟，秋天的凋谢全是假象！

它不过在寒飙来临之前把生命掩藏起来，把绿意埋在地下，在冬日的雪被下积蓄与浓缩，等待下一个春天里，再一次加倍地挥洒与铺张！远远山坡上，坟茔，在夕照里像一堆火，神奇又神秘，它那里是埋葬的一具尸体或一个孤魂？既然每个生命都在创造了另一个生命后离去，什么叫作死亡？死亡，不仅仅是一种生命的转换、旋律的变化、画面的更迭吗？那么世间还有什么比死亡更庄严、更神圣、更迷人！为了再生而奉献自己的伟大的死亡啊……

秋天的音乐已如圣殿的声音，这壮美崇高的轰响，把我全部身心都裹住、都净化了。我惊奇地感觉自己像玻璃一样透明。

这时，忽见对面坐着两位老人，正在亲密交谈。残阳把他俩的脸晒得好红，条条皱纹都像画上去的那么清楚。人生的秋天！他们把自己的青春年华、所有精力为这世界付出，连同头发里的色素也将耗尽，那满头银丝不是人间最值得珍惜的吗？我瞧着他俩相互凑近、轻轻谈话的样子，不觉生出满心的爱来，真想对他俩说些美好的话。我摘下耳机，未及开口，却听他们正议论关于单位里上级和下级的事，哪个连着哪个，哪个与哪个明争暗斗，哪个可靠和哪个更不可靠，哪个是后患而必须……我惊呆了，以致再不能听下去，赶快重新戴上耳机，打开音乐，再听，再放眼窗外的景物。奇怪！这一次，秋天的音乐，那些感觉，全没了。

“艺术原本是欺骗人生的。”

在我返回家，把这盘录音带送还给我那朋友时，把这话告诉他。

他不知道我为何得到这样的结论，我也不知道他为何对我说：

“艺术其实是安慰人生的。”

冬日絮语

每每到了冬日，才能实实在在触摸到岁月。年是冬日中间的分界。有了这分界，便在年前感到岁月一天天变短，直到残剩无多！过了年忽然又有大把的日子，成了时光的富翁，一下子真的大有可为了。

岁月是用时光来计算的。那么时光又在哪里？在钟表上、日历上，还是行走在窗前的阳光里？

窗子是房屋最迷人的镜框。节候变换着镜框里的风景。冬意最浓的那些天，屋里的热气和窗外的阳光一起努力，将冻结在玻璃上的冰雪融化：它总是先从中间化开，向四边蔓延。透过这美妙的冰洞，我发现原来严冬的世界才是最明亮的。那一如人的青春的盛夏，总有阴影遮翳，葱茏却幽暗。小树林又何曾有这般光明？我忽然对老人这个概念生了敬意。只有阅尽人生，脱净了生命年华的叶子，才会有眼前这小树林一般明彻。只有这彻底的通彻，才能有此无边的安宁。安宁不是安寐，而是一种博大而丰实的自享。世中唯有创造者所拥有的自享才是人生真正的幸福。

朋友送来一盆“香棒”，放在我的窗台上说：“看吧，多漂亮的大叶子！”

这叶子像一只只绿色光亮的大手，伸出来，叫人欣赏。逆光中，它的叶筋舒展着舒畅又潇洒的线条。一种奇特的感觉出现了！严寒占据窗外，丰腴的春天却在我的房中怡然自得。

自从有了这盆“香棒”，我才发现我的书房竟有如此灿烂的阳光。它照进并充满每一片叶子和每一根叶梗，把它们变得像碧玉一样纯净、通亮、圣洁。我还看见绿色的汁液在通明的叶子里流动。这汁液就是血液。人的血液是鲜红的，植物的血液是碧绿的，心灵的血液是透明的，因为世界的纯洁来自心灵的透明。但是为什么我们每个人都说自己纯洁，而整个世界却仍旧一片混沌呢？

我还发现，这光亮的叶子并不是为了表示自己的存在，而是为了证实阳光的明媚、阳光的魅力、阳光的神奇。任何事物都同时证实着另一个事物的存在。伟人的出现说明庸人的无所不在；分离愈远的情人，愈显示了他们的心丝毫没有分离；小人的恶言恶语不恰好表达你的高不可攀和无法企及吗？而骗子无法从你身上骗走的，正是你那无比珍贵的单纯。老人的生命愈来愈短，还是他生命的道路愈来愈长？生命的计量，在于它的长度，还是宽度与深度？

冬日里，太阳环绕地球的轨道变得又斜又低。夏天里，阳光的双足最多只是站在我的窗台上，现在却长驱直入，直射在我北面的墙壁上。一尊唐代的木佛一直伫立在阴影里沉思，此刻迎着一束光芒无声地微笑了。

阳光还要充满我的世界，它化为闪闪烁烁的光雾，朝着四周的阴暗的地方浸染。阴影又执着又调皮，阳光照到哪里，它就立刻躲到光的背后。而愈是幽暗的地方，愈能看见被阳光照得晶晶发光的游动的尘埃。这令我十分迷惑：黑暗与光明的界限究竟在哪里？黑夜与晨曦的界限呢？来自早醒的鸟第一声的啼叫吗……这叫声由于被晨露滋润而异样地清亮。

但是，有一种光可以透入幽闭的暗处，那便是从音箱里散发出来的闪光的琴音。鲁宾斯坦的手不是在弹琴，而是在摸索你的心灵。他还用手思索，用手感应，用手触动色彩，用手试探生命世界最敏感的悟性……琴音是不同的亮色，它们像明明灭灭、强强弱弱的光束，散布在空间！那些旋律片段好似一些金色的鸟，扇着翅膀，飞进布满阴影的地方。有时，它会在一阵轰响里，关闭了整个地球上的灯或者创造出一个辉煌夺目的太阳。我便在一张寄给远方的失意朋友的新年贺卡上，写了一句话：

你想得到的一切安慰都在音乐里。

冬日里最令人莫解的还是天空。

盛夏里，有时乌云四合，那即将被峥嵘的云吞没的最后一块蓝天，好似天空的一个洞，无穷地深远。而现在整个天空全成了这样，在你头顶上无边无际地展开！空阔、高远、清澈、庄严！除去少有的飘雪的日子，大多数时间连一点点云丝也没有，鸟儿也不敢飞上去，这不仅由于它冷冽寥廓，而是因为它大得……大得叫你一仰起头就感到自己的渺小。只有在夜间，寒空中才有星星闪烁。这星星是宇宙间点灯的驿站。万古以来，是谁不停歇地从一个驿站奔向下一个驿站？为谁送信？为了宇宙间那一桩永恒的爱吗？

我注视着冬天在大地上的脚步，看看它究竟怎样一步步、沿着哪个方向一直走到春天。

一年之中唯有过年这几天是孩子们的自由日，在这几天里无论怎样放胆去闹，也不会立刻得到惩罚。这便是所有孩子都盼望过年深在的缘故。

第二章 我的童年

人人在童年，都是时间的富翁

花脸

做孩子的时候，盼过年的心情比大人来得迫切，吃穿玩乐花样都多，还可以把拜年来的亲友塞到手心里的一小红包压岁钱都积攒起来，做个小富翁。但对于孩子们来说，过年的魅力还有更一层深在的缘故，便是我要写在这几张纸上的。

每逢年至，小闺女们闹着戴绒花、穿红袄、嘴巴涂上浓浓的胭脂团儿，男孩子们的兴趣都在鞭炮上。我则不然，最喜欢的是买个花脸戴。这是种纸浆轧制成的面具，用掺胶的彩粉画上戏里边那些有名有姓、威风十足的大花脸。后边拴根橡皮条，往头上一套，自己俨然就变成那员虎将了。这花脸是依脸形轧的，眼睛处挖两个孔，可以从里边往外看。但鼻子和嘴的地方不通气儿，一戴上，好闷，还有股臭胶和纸浆的味儿；说出话来，声音变得低粗，却有大将威武不凡的气概，神气得很。

一年年根，舅舅带我去娘娘宫前年货集市上买花脸。过年时人都分外有劲，挤在人群里好费力，终于从挂满在一条横竿上的花花绿绿几十种花脸中，惊喜地发现一个。这花脸好大，好特别！通面赤红，一双墨眉，眼角雄俊地吊起，头上边凸起一块绿包头，长巾贴脸垂下，脸下边是用马尾做的很长的胡须。这花脸与那些愣头愣脑、傻头傻脑、神头鬼脸的都不一样。虽然毫不凶恶，却有股子凛然不可侵犯的庄重之气，咄咄逼人。叫我看得直缩脖子，要是把它戴在脸上，管叫别人也吓得缩脖子。我竟不敢用手指它，只是朝它扬下巴，说："我要那个大红脸！"

卖花脸的小罗锅儿，举竿儿挑下这花脸给我，龇着黄牙笑嘻嘻说："还是这小少爷有眼力，要做关老爷！关老爷还得拿把青龙偃月刀呢！我给您挑把顶精神的！"就着从戳在地上的一捆刀枪里，抽出一柄最漂亮的大刀给我。大红漆杆，金黄刀面，刀面上嵌着几块闪闪发光的小镜片，中间画一条碧绿的小龙，还拴着一朵红缨子。这刀！这花脸！没想到一下得到两件宝贝。我高兴得只是笑，话都说不出。舅舅付了钱，坐三轮车回家时，我就戴着花脸，倚着舅舅的大棉袍执刀而立，一路引来不少人瞧我，特别是那些与我般般大的男孩子投来艳羡的目光时，使我快活至极。舅舅给我讲了许多关公的故事，过五关、斩六将，温酒斩华雄，边讲边说："你好英雄呀！"好像在说我的光荣史。当他告诉我这把青龙偃月刀重八十斤，我简直觉得自己力大无穷。舅舅还教我用京剧自报家门的腔调说：

"我——姓关，名羽，字云长。"

到家，人人见人人夸，妈妈似乎比我更高兴。连总是厉害地板着脸的爸爸也含笑称我“小关公”。我推开人们，跑到穿衣镜前，横刀立马地一照，呀，哪里是小关公，我是大关公哪！

这样，整个大年三十我一直戴着花脸，谁说都不肯摘，睡觉时也戴着它，还是睡着后妈妈轻轻摘下放在我枕边的，转天醒来头件事便是马上戴上，恢复我这“关老爷”的本来面貌。

大年初一，客人们陆陆续续来拜年，妈妈喊我去，好叫客人们见识见识我这关老爷。我手握大刀，摇晃着肩膀，威风地走进客厅，憋足嗓门叫道：“我——姓关，名羽，字云长。”

客人们哄堂大笑，都说：“好个关老爷，有你守家，保管大鬼小鬼进不来！”

我越发神气，大刀呼呼抡两圈，摆个张牙舞爪的架势，逗得客人们笑个不停。只要客人来，妈妈就喊我出场表演。妈妈还给我换上只有三十夜拜祖宗时才能穿的那件青缎金花的小袍子。我成了全家过年的主角。连爸爸对我也另眼看待了。

我下楼一向不走楼梯。我家楼梯扶手是整根的光亮的圆木。下楼时便一条腿跨上去，“哧溜”一下滑到底。这时我就故意躲在楼上，等客人来，突然由天而降，叫他们惊奇，效果会更响亮！

初一下午，来客进入客厅，妈妈一喊我，我跨上楼梯扶手飞骑而下，“呜呀呀”大叫一声闯进客厅，大刀上下一抡，谁知用力过猛，脚底没根，身子栽出去，“叭”的巨响，大刀正砍在花架上一尊插桃枝的大瓷瓶上，哗啦啦粉粉碎，只见瓷片、桃枝和瓶里的水飞向满屋，一个瓷片从二姑脸旁飞过，险些擦上了。屋内如淋急雨，所有人穿的新衣裳都是水渍。再看爸爸，他像老虎一样直望着我，哎哟，一根开花的小桃枝迎面飞去，正插在他梳得油光光的头发里。后来才知道被我打碎的是一尊祖传的乾隆官窑百蝶瓶，这简直是死罪！我坐在地上吓傻了，等候爸爸上来一顿狠狠的揪打。妈妈的神气好像比我更紧张，她一下抓不着办法救我，瞪大眼睛等待爸爸的爆发。

就在这生死关头，二姑忽然破颜而笑，拍着一双雪白的手说道：

“好呵，好呵，今年大吉大利，岁(碎)岁(碎)平安呀！哎，关老爷，干吗傻坐在地上，快起来，二姑还要看你耍大刀哪！”

谁知二姑这是使什么法术，绷紧的气势霎时就松开了。另一位姨婆马上应和说：“旧的不去，新的不来，不除旧，不迎新。您等着瞧吧，今年非抱个大金娃娃不成，是吧！”她满脸欢笑朝我爸爸说，叫他应声。其他客人也一拥而上，说吉祥话，哄爸爸乐。

这些话平时根本压不住爸爸的火气，此刻竟有神奇的效力，迫使他不乐也得乐。过年乐，没灾祸。爸爸只得嘿嘿两声，点头说：

“呵，好，好，好……”

尽管他脸上的笑纹明显含着被克制的怒意，我却奇迹般地因此逃脱开一次严惩。妈妈对我丢了眼色，我立刻爬起来，拖着大刀，狼狈而逃。身后还响着客人们着意的拍手声、叫好声和笑声。

往后几天里，再有拜年的客人来，妈妈不再喊我，节目被取消了。我躲在自己屋里很少露面，那把大刀也掖在床底下，只是花脸依旧戴着，大概躲在这硬纸后边再碰到爸爸时有种安全感。每每从眼孔里望见爸爸那张阴沉含怒的脸，就不再觉得自己是关老爷，而是个可怜虫了！

过了正月十五，大年就算过去了。我因为和妹妹争吃撤下来的祭灶用的糖瓜，被爸爸抓着腰提起来，按在床上死揍了一顿。我心里清楚，他是把打碎花瓶的罪过加在这件事上一起清算，因为他盛怒时，向我要来那把惹祸的大刀，用力折成段，大花脸也撕成碎片片。

从这事，我悟到一个祖传的概念：一年之中唯有过年这几天是孩子们的自由日，在这几天里无论怎样放胆去闹，也不会立刻得到惩罚。这便是所有孩子都盼望过年深在的缘故。当然那被撕碎的花脸也提醒我，在这有限的自由里可得勒着点自己，当心事后加倍地算账。

长衫老者

我幼时，家对门有条胡同，又窄又长，九曲八折，望进去深邃莫测。隔街是店铺集中的闹市，过往行人都以为这胡同通向那边闹市，是条难得的近道，便一头扎进去，弯弯转转，直走到头，再一拐，迎面竟是一堵墙壁，墙内有户人家。原来这是条死胡同！好晦气！凡是走到这儿来的，都恨不得把这面堵得死死的墙踹倒！

怎么办？只有认倒霉，掉头走出来。可是这么一往一返，不但没抄了近道，反而白跑了长长一段冤枉路。正像俗话说的：贪便宜者必吃亏。那时，只要看见一个人满脸丧气从胡同里走出来，哈，一准知道是撞上死胡同了！

走进这死胡同的，不仅仅是行人，还有一些小商小贩。为了省脚力，推车挑担蹿进来，这就热闹了。本来狭窄的道儿常常拥塞，叫车轱辘碰伤孩子的事也不时发生。没人打扫它，打扫也没用，整天土尘蓬蓬。人们气急就叫："把胡同顶头那家房子扒了！"房子扒不了，只好忍耐；忍耐久了，渐渐习惯。就这样，乱乱哄哄，好像它天经地义就该如此。

一天，来了一位老者，个子矮小，干净爽利，一件灰布长衫，红颜白须，目光清朗，胳肢窝夹个小布包包，看样子像教书先生。他走进胡同，一直往里，可过不久就返回来。嘿，又是一个撞上死胡同的！

这位长衫老者却不同常人。他走出来时，面无懊丧，而是目光闪闪，似在思索，然后站在胡同口，向左右两边光秃秃的墙壁望了望，跟着蹲下身，打开那布包，包里面有铜墨盒、毛笔、书纸和一个圆圆的带盖的小饭盆。他取笔展纸，写了端端正正、清清楚楚四个大字："此路不通"。又从小盆里捏出几颗饭粒，代做糨糊，把这张纸贴在胡同口的墙壁上，看了两眼便飘然而去。

咦，谁料到这张纸一出，立刻出现奇迹。过路人若要抄近道扎进胡同，一见纸上的字，就转身走掉；小商贩们即使不识字，见这里进出人少，疑惑是死胡同，自然不敢贸然进去。胡同陡然清静多了。过些日子，这纸条给风吹雨打，残破了，胡同里的住家便想到用一块木板，仿照这四个字写在上边，牢牢钉在墙上，这样就长久地保留下来。

胡同自此大变样子。

它出现了从来没见过的情景：有人打扫，有人种花，有孩童玩耍，鸟雀也敢在地面上站一站。逢到一夜大雪过后，犹如一条蜿蜒洁白的带子，渐渐才给早起散步的老人们，踩上一串深深的雪窝窝。这些饱受市井喧嚣的人家，开始享受起幽居的静谧和安宁来了。

于是，我挺奇怪，本来这么简单的一举，为什么许多年里不曾有人想到？我因此愈加敬重那矮小、不知姓名、肯思索、更肯动手来做的长衫老者了……

逛娘娘宫

（一）

那时，像我们这些生长在天津的男孩子，只要听大人们一提到娘娘宫，心里仿佛有只小手抓得怪痒痒的。尤其大年前夕，娘娘宫一带是本地的年货市场，千家万户预备过年用的什么炮儿啦、灯儿啦、画儿啦、糕儿啦等，差不多都是从那里买到的。我猜想这些东西在那里准堆成一座座花花绿绿的小山似的。我多么盼望能去娘娘宫玩一玩！但一直没人带我去，大概那时我家好歹算个富户，不便出没于这种平民百姓的集聚之地。我有个姑表哥，他爸爸早殁，妈妈有疯病，日子穷窘。他是个独眼——别看他独眼，他反而挺自在。他那仅剩下单独一只的、又小又细、用来看世界的右眼，却比我的一双黑黑的、正常的大眼睛视野更广，福气更大，行动也更自由——像什么钓鱼逮蟹、到鸟市上听说书、捅棋、买小摊上便宜又好玩的糖稀吃等等，他样样能做，我却不能。

对于世上的快乐与苦恼，大人和孩子的标准往往不同。大人们是属于社会的，孩子们则属于大自然，这些话不必多说，就说我这独眼表哥吧！他不止一次去过娘娘宫，听他描绘娘娘宫的情景，看耍猴呀，抖空竹呀，逛炮市呀等，再加上他口沫横飞、扬扬得意的神气，我都真有私逃出家、随他去一趟的念头。此刻饭菜不香，糖不甜，手边的玩具顷刻变得索然无味了。我妈妈立刻猜到我的心事，笑眯眯对我说："又惦着逛娘娘宫了吧！"

说也怪，我任何心事她都知道。

（二）

我的妈妈是我的奶妈。

我娘生下我时，没有奶，便坐着胶皮车到估衣街的老妈店去找奶妈。我这奶妈是武清县落垡人，刚生过孩子，乡下连年闹灾荒没钱花，她就撇下自己正吃奶的孩子，下到天津卫来做奶妈。我娘一眼就瞧上了她，因为她在一群待用的奶妈中十分惹眼，个子高大，人又壮实，一双大脚，黑里透红、亮光光的一张脸，看上去"像个男人"，很健康——这些情形都是后来听大人们说的。据说她的奶很足，我今天能长成个一米九〇的大汉，大概就是受了她奶汁育养之故。

她姓赵。我小名叫"大弟"。依照天津此地的习惯，人们都叫她"大弟妈"。我叫她"妈妈"。

在我依稀还记得的童年的那些往事中，不知为什么，对她的印象要算最深了。几乎一闭眼，她那样子就能穿过厚厚的岁月的浓雾，清晰地显现在眼前。她是个尖头顶、扁长的大嘴、一头又黑又密的头发的女人，每天早上都对着一面又小又圆的水银镜子，把头发放开，篦过之后，涂上好闻的刨花油，再重新绾到后颈，卷成一个乌黑油亮、像个大烧饼似的大抓髻，外边套上黑线网，只在两鬓各留一绺头发，垂在耳前。这是河北武清那边妇女习惯的发型。她的脸可真黑，嘴唇发白，而且在脸色的对比下显得分外地白。大概这是她爱喝醋的缘故。人们都说醋吃多了，就会脸黑唇白。她可真能喝醋！每吃饭，必喝一大碗醋，有时菜也不吃，一碗饭加一碗醋，吃得又香又快。她为什么这样爱喝醋呢？有一次，我见她吃喝正香，嘴唇咂咂直响，不觉嘴里发馋，非向她要醋喝不可，她把醋碗递给我，叫我抿一小口，我却像她那样喝了一大口。天哪！真是酸死我了。从此，我一看她吃饭，听到她吮咂着唇上醋汁的声音，立即觉得两腮都收紧了。

再有，便是她上楼的脚步异乎寻常地轻快。她带着我住在三楼的顶间，每天楼上楼下不知要跑多少趟，很少歇憩，似有无穷精力。如果她下楼去拿点什么，几乎一转眼就回到楼上。直到现在，我还没有遇见过第二个人把上下楼全然不当作一回事呢。

那时，我并不常见自己的父母。他们整天忙于应酬，常常在外串门吃饭，只是在晚间回来时，偶尔招呼她把我抱下楼看看、逗逗、玩玩，再给她抱上楼。我自生来日日夜夜都是跟随着她。据说，本来她打算我断了奶，就回乡下去。但她一直没有回去，只是年年秋后回去看看，住上十天半个月就回来。每次回来都给我带一些使我醉心的东西，像装在草棍编的小笼子里的蝈蝈啦、金黄色的小葫芦啦、村上卖的花脸和用麻秆做柄的大刀啦……她一走，我就哭，整天想她。她呢？每次都是提前赶回来，好像她的家不在乡下，而在我家这里。在我那冥顽无知稚气的脑袋里，哪里想得到她留在我家，全然是为了我。

我在家排行第三，上边是两个姐姐。我却算作长子。每当我和姐姐们发生争执，她总是明显地、气啾啾地偏袒于我。有人说她“以为照看人家的长子就神气了！”或者说她这样做是“为了巴结主户”。她不以为然，我更不懂得这种家庭间无聊的闲话。我是在她怀抱里长大的。她把我当作自己亲生孩子那样疼爱，甚至溺爱；我从她身上感受到的气息反比自己的生母更为亲切。

每每夏日夜晚，她就斜卧在我身旁，脱了外边的褂子，露出一个大红布的绣着彩色的花朵和叶子的三角形兜肚儿，上端有一条银亮的链子挂在颈上。这时她便给我讲起故事来，像什么《傻子学话》《狼吃小孩》《烧火丫头杨排风》等等。这些故事不知讲了多少遍，不知为什么每听起来依然津津有味。她一边讲，一边慢慢摇着一把大蒲扇，把风儿一下一下地凉凉快快扇在我身上。伏天里，她常常这样扇一夜，直到我早晨醒来，见她眼睛困倦难张，手里攥着蒲扇，下意识地，一歪一斜地、停停住住地摇着……

如果没有下边的事，对于一个八岁的孩子，所能记下的某一个人的事情也只能这些了。但下边的事使我记得更清楚，始终忘不了。

一年的年根底下，厨房一角的灶王龛里早就点亮香烛，供上又甜又脆、粘着绿色蜡纸叶子的糖瓜。这时，大年穿戴的新装全都试过，房子也打扫过了，玻璃擦得好像都看不见了。里里外外，亮亮堂堂。大门口贴上一副印着披甲戴盔、横眉立目的古代大将的画纸。妈妈告诉我那是“门神”，有他俩把住大门，大鬼小鬼进不来。楼里所有的门板上贴上“福”字，连垃圾箱和水缸也都贴了，不过是倒着贴的，借着“到”和“倒”的谐音，以示“福气到了”之意。这期间，楼梯底下摆一口大缸，我和姐姐偷偷掀开盖儿一看，全是白面的馒头、糖三角、豆馅包和枣卷儿，上边用大料蘸着品红色点个花儿。再有便是左邻右舍用大锅烧炖年菜的香味，不知从哪里一阵阵悄悄飞来，钻入鼻孔；还有些性急的孩子等不及大年来到，就提早放起鞭炮来。一年一度迷人的年意，使人又一次深深地又畅快地感到了。

独眼表哥来了。他刚去过娘娘宫，带来一包俗名叫“地耗子”的土烟火送给我。这种“地耗子”只要点着，就“哧哧”地满地飞转，弄不好会钻进袖筒里去。他告诉我这“地耗子”在娘娘宫的炮市上不过是寻常之物，据说那儿的鞭炮烟火至少有上百种。我听了，再也止不住要去娘娘宫一看的愿望，便去磨我的妈妈。

我推开门，谁料她正撩起衣角抹泪。她每次回乡下之前都这样抹泪，难道她要回乡下去？不对，她每次总是大秋过后才回去呀！

她一看见我，忙用手背抹干眼角，抽抽鼻子，露出笑容，说：

“大弟，我告诉你一件你高兴的事。”

“什么事？”

“明儿一早，我带你去逛娘娘宫！”

“真的？！”心里渴望的事突然来到眼前，反叫我吃惊地倒退两步，“我娘叫我去吗？”

“叫你去！”她眯着笑眼说，“我刚对你娘打了包票，保险丢不了你，你娘答应了。”

我一下子扑进她的怀抱。这怀抱里有股多么温暖、多么熟悉的气息呵！就像我家当院的几株老槐树的气味，无论在外边跑了多么久、多么远，只要一闻到它的气味，就立即感到自己回到最亲切的家中来了。

可这时，我感到有什么东西“啪啪”落在我背上，还有一滴落在我后颈上，像大雨点儿，却是热的。我惊奇地仰起面孔，但见她泪湿满面。她哭了！她干吗要哭？我一问，她哭得更厉害了。

“孩子，妈今年不能跟你过年了。妈妈乡下有个爷儿们，你懂吗？就像你爸和你娘一样。他害了眼病，快瞎了，我得回去。明儿早晌咱去娘娘宫，后晌我就走了。”

我仿佛头一次知道她乡下还有一些与她亲近的人。

“瞎了眼，不就像独眼表哥了？”我问。

“傻孩子，要是那样，他还有一只好眼呢！就怕两眼全瞎了。妈就……”她的话说不下去了。

我也哭起来。我这次哭，比她每次回乡下前哭得都凶，好像敏感到她此去就不再来了。

我哭得那么伤心、委屈、难过，同时忽又想到明儿要去逛娘娘宫，心里又翻出一个甜甜的小浪头。谁知我此时此刻心里是股子什么滋味？

（三）

我们一进娘娘宫以北的宫北大街，就像两只小船被卷入来来往往的、颇有劲势的人流里，只能看见无数人的前胸和后背。我心里有点紧张，怕被挤散，才要拉紧妈妈的手，却感到自己的小手被她的大手紧紧握着了。人声嘈杂得很，各种声音分辨不清，只有小贩们富于诱惑的吆喝声，像鸟儿叫一样，一声声高出众人嗡嗡杂乱的声音之上，从大街两旁传来：

“易德元的吊钱呵，眼看要抢完了，还有五张！”

“哪位要皇历，今年的皇历可是套片精印的，整本道林纸。哎，看看节气，找个黄道吉日，家家缺不了它呵！”

“哎，哎，哎，买大枣，一口一个吃不了……”

但什么也瞧不见，人们都是前胸贴着后背，偶有人缝，便花花绿绿闪一下，逗得我眼睛发亮。忽然，迎面一人手里提着一个五彩缤纷的盒子，盒子上印着两个胖胖的人儿，笑嘻嘻挤在一起，煞是有趣，可是没等我细瞧，那人却往斜刺里去了。跟着听到一声粗鲁的喝叫：“瞧着！”我便撞在一个软软的、热乎乎的、鼓鼓囊囊的东西上。原来是一个人的大肚子。这人袒敞着棉袄，肚子鼓得好大，以致我抬头看不见他的脸。这时，只听到妈妈的怨怪声：

“你这么大人，怎么瞧不见孩子呢，快，别挤着孩子呀！”

那人嘟囔几声什么。说也好笑，我几乎在他肚子下边，他怎么看得见我？这时，只觉得这人在我前面左挪右挪，大肚子热烘烘蹭着我的鼻尖，随后像一个软软的大肉桶，从我右边滑过去了。我感到一阵轻松畅快，就在这一瞬，对面又来了一个老头，把一个大金鱼灯举过头顶。这是条大鲤鱼，通身鲜红透明，尾巴翘起，伸着须，眼睛是两个亮晃晃、又圆又鼓的大金球儿……

“妈妈，你看……”我叫着。

妈妈扭头，大金鱼灯却不见了。

又是无数人的前胸和后背。

我真担心娘娘宫里也是如此，那就什么也看不见了。

“妈妈，我要看，我什么也瞧不见哪！”

“好！我抱你到上边瞧！”

妈妈说着，把我抱起来往横处挤了几步，撂在一个高高的地方。呀！我真又惊又喜，还有点傻了！好像突然给举到云端，看见了一个无法形容的、灿烂辉煌、热闹非凡的世界。我首先看到的是身前不远的地方有两根旗杆，高大无比，尖头简直碰到天。我对面是一座戏台，上边正在敲锣打鼓，唱戏的人正起劲儿地叫着，台下一片人头攒动。我再扭身一看，身后竟是一座美丽的大庙。在这中间，满是罩棚、满是小摊、满是人。各种新奇的东西和新奇的景象，一下子闯进眼帘，我好像什么也看不清了。在这之后，我才明白自己站在庙前一个石头砌的高台上……

“妈妈，妈，这就是娘娘宫吗？”我叫着。

“可不是吗？”妈妈笑眯眯地说。每逢我高兴之时，她总是这样心花怒放地笑着。她说：“大弟，你能在这儿站着别动吗？妈到对面买点东西。那儿太挤，你不能去。你可千万别离开这儿。妈去去就来。”

我再三答应后，她才去。我看着她挤进一家绒花店。

这时，我才得以看清宫门前的全貌。从我们走来的宫北大街，经过这庙前，直奔宫南大街，千千万万小脑袋蠕动着，街的两旁全是店铺，张灯结彩，悬挂着五色大旗，写着“大年减价”“新年连市”等等字样，一直歪歪斜斜、蜿蜒地伸向锅店街那边而去，好像一条巨大的鳞光闪闪的巨蟒，在地上，慢慢摇动它笨拙的身躯，真是好看极了。我禁不住双腿一蹦一蹦，拍起手来。

“当心掉下来！”有人说着并抓住我的腰。

原来妈妈来了，她喜笑颜开，手里拿着一个方方的花纸盒，鬓上插着一朵红绒花。这花儿如此艳丽，映着她的脸，使她显得喜气洋洋，我感到她从来没有像今天这样好看。

“妈，你好看极了！”

“胡说！”妈羞笑着说，“快下来，咱们到娘娘宫里去看看。”

我随她跨进了多年梦思夜想的娘娘宫。心里还掠过一种自豪与得意之情，心想，回头我也能像独眼表哥那样对别人讲讲娘娘宫的事了。而我的姐姐们还没有我今天这种好福气呢！

庙里好热闹，楼宇一处连一处，香烟缭绕，到处是棚摊。这宫院里和外边一样，也成了年货集市。小贩、香客、游人挤成一团，各色各样的神仙图画挂满院墙，连几株老树上也挂得满满的。

一束束红蓝黄绿的气球高过人头，在些许的微风里摇颤着，仿佛要摆脱线的牵扯，飞上碧空……宫院左边是卖金鱼的，右边的摊上多卖空竹。内中有一个胖子，五十多岁，很大一顶灰兔皮帽扣在头上。四四方方一张红脸，秤砣鼻子，鼻毛全支出来，好像废井中长出的荒草。他上身穿一件紧身元黑罩衫，显出胖大结实的身形，正中一行黄布裹成的疙瘩扣，排得很密，像一条大蜈蚣爬在他当胸上。下边是肥大黑裤，青布缠腿，云字样的靴头。他挽着袖管，抖着一个脸盆大小的空竹。如此大的空竹真是世所罕见。别看他身胖，动作却不迟笨，胳膊一甩，把那奇大的空竹抖得精熟，并且顺着绳子，一忽儿滚到左胳膊上，一忽儿滚到右胳膊上，一忽儿猫腰俯背，让转动的空竹滚背而过，一忽儿又把这沉重的家伙抛上半空，然后用手里的绳子接住。这时他面色十分神气。那空竹发出的声音也如牛吼一般。他的货摊上悬着一个朱红漆牌，写着三个金字："空竹王"。旁边有行小字"乾隆老样"。摊上的空竹所贴的红签上，也都印着这些字样，并有"认清牌号，谨防假冒"八个字。他的货摊在同行中显得很阔绰，大大小小的空竹，式样不一，琳琅满目，使得左右的邻摊显得寒碜、冷落和可怜。他一边抖着空竹，一边嘴里叨叨不绝，说他的空竹是祖传的。他家历来不但精于制作，还善于表演空竹。他祖宗曾进过宫，给乾隆爷表演过，乾隆爷看得"龙颜大悦"，赐给他祖宗黄金百两、白银一千，外加黄马褂一件，据说那是他祖祖祖祖爷爷的事。后来他家有人又进宫给慈禧太后表演空竹，便是他祖祖爷的事了。祖辈的那黄马褂没有留下，却传下这只巨型的空竹……说到这儿，他把空竹用力抖两下，嘴里的话锋一转，来了生意经，开始夸耀自家空竹的种种优长，直说得嘴角溢出白沫。本来他的空竹不错，抖得也蛮好，不知为什么，这样滔滔不绝的自夸和炫耀，尤其他那股剽悍和霸气劲儿反叫人生厌。这时，他大叫一声，猛一用力，把空竹再次抛上半空，随着脑袋后仰过猛，头上那顶大兔皮帽被抛掉身后，露出一个青皮头顶，见棱见角，并汗津津冒着热气，好似一只没有上锅的青光光的蟹盖儿，大家忍不住笑了。我妈妈笑了一下，便领我到邻处小摊上，买了一个小号的空竹给我。那摊贩对妈妈十分客气，似有感激之意。妈妈为什么不买“空竹王”那里漂亮的空竹，而偏偏买这小摊上不大起眼的东西？这事一直像个谜存在我心里，直到我入了社会，经事多了，才打开这积存已久的谜。

（四）

大庙里的气氛真是神秘、奇异、可怖。那气氛是只有庙堂里才有的。到处黑洞洞的，到处又闪着辉煌的亮光；到处是人，到处是神。一处处庙堂，一尊尊佛像，有的像活人，有的像假人，有的逗人发笑，有的瞪眼吓人，有的莫名其妙。妈妈在我耳边轻轻告诉我，哪个是娘娘，哪个是四大门神，哪个是关帝，还有雷公、火神、疙瘩刘爷、傻哥和张仙爷。

给我印象最突出的要算这张仙爷了。他身穿蓝袍，长须飘拂，张弓搭箭，斜向屋角，既威武又洒脱。妈妈告诉我，民人住宅常有天狗从烟囱钻进来，兴妖作怪，残害幼儿。张仙爷专除天狗，见了天狗钻进民宅就将弓箭射去，以保护孩童。故此，人都称他为"射天狗的张仙爷"……

在我不自觉地望着这护佑儿童们的泥神时，妈妈向一个人问了几句话，就领着我穿过两重热闹闹的小院，走到一座庙堂前。她在门口花了几个小钱买了一把香，便走进去。里边一团漆黑，烟雾弥漫，香的气味极浓。除去到处亮着的忽闪忽闪的烛火，别的什么都看不见。我才要向前迈步，妈妈忽把我拉住，我才发现眼前有几个人跪伏着，随后脑袋一抬，上身直立，跟着又俯身叩首做拜伏状。这些人身前是张条案，案上供具陈列，一尊乌黑的生铁香炉插满香，香灰撒落四边，四座烛台都快给烛油包上了……就在这时，从条案后的黑黝黝的空间里，透现出一个胖胖的、端庄的、安详的妇女的面孔。珠冠绣衣，粉面朱唇，艳美极了。缭绕的烟缕使她的面孔忽隐忽现，跳动的烛光似乎使她的表情不断变化着，忽而严肃，忽而慈爱，忽而冷峻，忽而微笑。她是谁？如何这样妄自尊崇，接受众人的叩拜？我想到这儿时，已然发现她也是一尊泥塑彩画的神像。为什么许多人要给这泥人烧香叩头呢？我拉拉妈妈的衣袖，想对她说话，她却不搭理我。我抬头看她时，只见妈妈脸上郑重又虔诚，一双眼呆呆的，散发出一种迟缓又顺从的光来。我真不懂妈妈何以做出如此怪异的神情。但不知为什么，我忽然不敢出声，不敢随意动作，一股庄重不阿的气氛牢牢束缚住我，心里升起一种从未有过的敬畏的感觉，不觉悄悄躲到妈妈的身后。

在条案一旁，立着一个老头，松形鹤骨，神情肃穆，穿黄袍子。我一直以为也是个泥人。此刻他却走到妈妈身前，把妈妈手里的香接过去，引烛火点着，插在香炉内。这时妈妈也像左右的人那样屈腿伏身，叩头作揖。只剩下我直僵僵地站着。这当儿，一个新发现竟使我吓得缩起脖子：原来条案后那泥神身上满是眼睛，总有几十只，只只眼睛都比鞋子还大，眼白极白，眼球乌黑，横横竖竖，好像都在瞧着我。我一惊之下，忙蹲下来，躲在妈妈背后，双手捂住了脸。后来妈妈起了身，拉着我走出这吓人的庙堂。我便问：

“妈妈，那泥人怎么浑身都是眼睛呀！”

“哎哟，别胡扯，那是千眼娘娘，专管人得眼病的。”

我听了依然莫解，但想到妈妈给她叩头，是为了她丈夫的病吧！我又想发问，却没问出来，因为她那满是浅细皱纹的眼皮中间似乎含着泪水。我之所以没再问她，是因为不愿意勾起她心中的烦恼和忧愁，还是怕她眼里含着的泪流出来，现在很难再回想得清楚，谁能弄清楚自己儿时的心理？

（五）

在宫南大街，我们又卷在喧闹的人流中。声音愈吵，人们就愈要提高嗓门，声音反倒愈响。其实如果大家都安静下来，小声讲话，便能节省许多气力，但此时、此刻、此地谁又能压抑年意在心头上猛烈的骚动？

宫南大街比宫北大街更繁华，店铺挨着店铺，罩棚连着罩棚，五行八作，无所不有。最有趣的是年画店，画儿贴满四壁，标上号码，五彩缤纷，简直看不过来。还有一家画店，在门前放着一张桌，桌面上码着几尺高的年画，有两个人，把这些画儿一样样地拿给人们看，一边还说些为了招徕主顾而逗人发笑的话。更叫人好笑的是这两个人，一般高，穿着一样的青布棉袍，戴着一样的驼色毡帽，只是一胖一瘦，一个难看，一个顺眼，很像一对说相声的。我爱看的《一百单八将》《百子闹学》《屎壳郎堆粪球》等等，这里都有。

由此再往南去，行人渐少，地势也见宽阔。沿街多是些小摊，更有可怜的，只在地上放一块方形的布，摆着一些吊钱、窗花、财神图、全神图、彩蛋、花糕模子、八宝糖盒等零碎小物。这些东西我早都从妈妈嘴里听到过，因此我都能认得。还有些小货车，放着日用的小百货，什么镜儿、膏儿、粉儿、油儿的，上边都横竖几根杆子，拴着女孩子们扎辫子用的彩带子，随风飘摇，很是好看；还有的竖立一棵粗粗的麻秆儿，上面插满各样的绒花，围在这小车边的多是些妇女和姑娘。在这中间，有一个卖字的老人的表演使我入了迷。一张小木桌，桌上一块大紫石砚、一把旧笔、一捆红纸，还立着一块小木牌，写着“鬻字”。这老人瘦如干柴，穿一件土黄棉袍，皱皱巴巴，活像一棵老人参。天冷人老，他捉着一支大笔，翘起的小拇指微微颤抖。但笔道横平竖直，宛如刀切一般。四边闲着的人都怔着，没人要买。老人忽然左手也抓起一支大笔，蘸了墨，两手竟然同时写一副对联。两手写的字却各不相同。字儿虽然没有单手写得好，观者反而惊呼起来，争相购买。

看过之后，我伸手一拉妈妈：

“走！”

她却摆胳膊。

“走——”我又一拉她。

“哎，你这孩子怎么总拉人哪？！”

一个陌生的爱挑剔的女人尖厉的声音传来。我抬头一看，原来是一位矮小的黄脸女人，怀里抱着一篓鲜果。她不是妈妈！我认错人了！妈妈在哪儿？我慌忙四下一看，到处都是生人，竟然不见她了！我忙往回走。

“妈妈，妈妈……”我急急慌慌地喊，却听不见回答，只觉得自己喉咙哽咽，喊不出声来，急得要哭了。

就在这当口，忽听“大弟”一声。这声简直是肝肠欲裂、失魂落魄的呼喊。随后，从左边人群中钻出一人来，正是妈妈。她张大嘴，睁大眼，鬓边那两绺头发直条条耷拉着，显出狼狈与惊恐的神色。她一看见我，却站住了，双腿微微弯曲下来，仿佛要跌在地上。手里那绒花盒儿也捏瘪了。然后，她一下子扑上来把我紧紧抱住，仿佛从五脏里呼出一声：

“我的爷爷，你是不想叫我活了！”

这声音，我现在回想起来还那样清晰。

我终于看见了炮市，它在宫南大街横着的一条胡同里。胡同中有几十个摊儿，这摊儿简直是一个个炮堆。“双响”都是一百个盘成一盘。最大的五百个一盘，像个圆桌面一般大。单说此地人最熟悉的烟火——金人儿，就有十来种。大多是鼓脑门、穿袍拄杖的老寿星，药捻儿在脑顶上。这里的金人高可齐腰，小如拇指。这些炮摊的幌子都是用长长的竹竿挑得高高的一挂挂鞭炮。其中一个大摊，用一根杯口粗的竹竿挑着一挂雷子鞭，这挂大鞭约有七八尺，下端几乎擦地，把那竹竿压成弓形。上边粘着一张红纸条，写了“足数万头”四个大字。这是我至今见到的最威风的一挂鞭。不知怎样的人家才能买得起这挂鞭。

为了防止火灾，炮市上绝对不准放炮。故此，这里反而比较清静，再加上这条胡同是南北方向，冬日的朔风呼呼吹过，顿感身凉。像我这样大小的男孩子们见了炮都会像中了魔一样，何况面对着如此壮观的鞭炮的世界，即使冻成冰棍也不肯看几眼就离开的。

“掌柜的，就给我们拿一把双响吧！”妈妈和那卖炮的说起话来，“多少钱？”

妈妈给我买炮了。我多么高兴！

我只见她从怀里摸出一个旧手巾包，打开这包儿，又是一个小手绢包儿，手绢包里还有一个快要磨破了的毛头纸包儿，再打开，便是不多的几张票子、几枚铜币。她从这可怜巴巴的一点钱中拿出一部分，交给那卖炮的，冷风吹得她的鬓发扑扑地飘。当她把那把“双响”买来塞到我手中时，我感到这把炮像铁制的一般沉重。

“好吗？孩子！”她笑眯着眼对我说，似乎在等着我高兴的表示。

本来我应该是高兴的，此刻却是另一种硬装出来的高兴。但我看得出，我这高兴的表示使她得到了多么大的满足啊！

（六）

我就是这样有生以来第一次、令人难忘地逛过了娘娘宫。那天回到家，急着向娘、姐姐和家中其他人一遍又一遍讲述在娘娘宫的见闻，直说得嘴巴酸疼，待吃过饭，精神就支撑不住，歪在床上，手里抱着妈妈给买的那把“双响”和空竹香香甜甜地睡了。懵懵懂懂间觉得有人拍我的肩头，擦眼一看，妈妈站在床前，头发梳得光光，身上穿一件平日用屁股压得平平的新蓝布罩衫，臂肘间挎着一个印花的土布小包袱，她的眼睛通红，好像刚哭过，此刻却笑眯着眼看我。原来她要走了！屋里的光线已经变暗了。我这一觉睡得好长啊，几乎错过了与她告别的时刻。

我扯着她的衣襟，送她到了当院。她就要去了，我心里好像塞着一团委屈似的，待她一要走，我就像大河决口一般，索性大哭出来。家里人都来劝我，一边向妈妈打手势，叫她乘机快走，妈妈却抽抽噎噎地对我说：

“妈妈给你买的‘双响’呢？你拿一个来，妈妈给你放一个，崩崩邪气，过个好年……”

我拿一个“双响”给她。她把这“双响”放在地上，然后从怀里摸出一盒火柴划着火去点药捻。院里风大，火柴一着就灭，她便划着火柴，双手拢着火苗，凑上前，猫下腰去点药捻。哪知这药捻着得这么快。不知是谁叫了一声：“当心！”这话音才落，“嗵！嗵！”连着两响，烟腾火苗间，妈妈不及躲闪，炮就打在她脸上。她双手紧紧捂住脸。大家吓坏了，以为她炸了眼睛。她慢慢直起身，放下双手，所幸的是没炸坏眼，却把前额崩得一大块黑。我哭了起来。

妈妈拿出块帕子抹抹前额，黑烟抹净，却已鼓出一个栗子大小的硬疙瘩。家里人忙拿来“万金油”给她涂在疙瘩处，那疙瘩便越发显得亮而明显了。妈妈眯着笑眼对我说：

“别哭，孩子，这一下，妈妈身上的晦气也给崩跑了！”

我看得出这是一种勉强的、苦味的笑。

她就这样去了。挎着那小土布包袱、顶着那栗子大小的鼓鼓的疙瘩去了。多年来，这疙瘩一直留在我心上，一想就心疼，挖也挖不掉。

她说她“过了年就回来”，但这一去就没再来。听说她丈夫瞎了双眼，她再不能出来做事了。从此，一面也不得见，音讯也渐渐寥寥。我十五岁那年，正是大年三十，外边鞭炮正响得热闹，屋里却到处能闻到火药燃烧后的香味。家里人忽叫我到院里看一件东西。我打着灯笼去看，挨着院墙根放着一个荆条编的小箩筐。家里人告诉我，这是我妈妈托人从乡下捎给我的。我听了，心儿陡然地跳快了，忙打开筐盖，用灯一照，原来是个又白又肥的大猪头，两扇大耳，粗粗的鼻子，脑门上点了一个枣儿大的红点儿，可爱极了……看到这里，我不觉抬起头来，仰望着在万家灯火的辉映中反而显得黯淡了的寒空，心儿好像一下子从身上飞走，飞啊，飞啊，飞到我那遥远的乡下的老妈妈的身边，扑在她那温暖的怀中，叫着：

“妈妈，妈妈，你可好吗？”

快手刘

人人在童年，都是时间的富翁。胡乱挥霍也使不尽。有时待在家里闷得慌，或者父亲嫌我太闹，打发我出去玩玩儿，我就不免要到离家很近的那个街口，去看快手刘变戏法。

快手刘是个撂地摆摊卖糖的胖大汉子。他有个随身背着的漆成绿色的小木箱，在哪儿摆摊就把木箱放在哪儿。箱上架一条满是洞眼的横木板，洞眼插着一排排廉价而赤黄的棒糖。他变戏法是为吸引孩子们来买糖。戏法十分简单，俗称“小碗扣球”。一块绢子似的黄布铺在地上，两个白瓷小茶碗，四个滴溜溜的大红玻璃球儿，就这再普通不过的三样道具，却叫他变得神出鬼没。他两只手各拿一个茶碗，你明明看见每个碗下边扣着两个红球儿，你连眼皮都没眨动一下，嘿！四个球儿竟然全都跑到一个茶碗下边去了，难道这球儿是从地下钻过去的？他就这样把两只碗翻来翻去，一边叫天喊地，东指一下手，西吹一口气，好像真有什么看不见的神灵做他的助手，四个小球儿忽来忽去，根本猜不到它们在哪里。这种戏法比舞台上的魔术难变，舞台只一边对着观众；街头上的土戏法，前后左右围着一圈人，人们的视线从四面八方射来，容易看出破绽。有一次，我亲眼瞧见他手指飞快地一动，把一个球儿塞在碗下边扣住，便禁不住大叫：

“在右边那个碗底下哪，我看见了！”

“你看见了？”快手刘明亮的大眼珠子朝我惊奇地一闪，跟着换了一种正经的神气对我说，“不会吧！你可得说准了。猜错就得买我的糖。”

“行！我说准了！”我亲眼所见，所以一口咬定。自信使我的声音非常响亮。

谁知快手刘哈哈一笑，突然把右边的茶碗翻过来。

“瞧吧，在哪儿呢？”

咦，碗下边怎么什么也没有呢？只有碗口压在黄布上一道圆圆的印子。难道球儿穿过黄布钻进左边那个碗下边去了？快手刘好像知道我怎么猜想，伸手又把左边的茶碗掀开，同样什么也没有！球儿都飞了？只见他将两只空碗对口合在一起，举在头顶上，口呼一声：“来！”双手一摇茶碗，里面竟然哗哗响，打开碗一看，四个球儿居然又都出现在碗里边。怪，怪，怪！

四边围看的人发出一阵惊讶不已的唏嘘之声。

“怎么样？你输了吧！不过在我这儿输了绝不罚钱，买块糖吃就行了。这糖是纯糖稀熬的，单吃糖也不吃亏。”

我臊得脸皮发烫，在众人的笑声里买了块棒糖，站在人圈后边去。从此我只站在后边看了，再不敢挤到前边去多嘴多舌。他的戏法，在我眼里真是无比神奇了。这也是我童年真正钦佩的一个人。

他那时不过四十多岁吧，正当年壮，精饱神足，肉重肌沉，皓齿红唇，乌黑的眉毛像用毛笔画上去的。他蹲在那里活像一只站着的大白象。一边变戏法，一边卖糖，发亮而外凸的眸子四处流盼，照应八方，满口不住说着逗人的笑话。一双胖胖的手，指肚滚圆，却转动灵活，那四个小球儿就在这双手里忽隐忽现。我当时有种奇想，他的手好像是双层的，小球儿时时藏在夹层里。唉唉，孩提时代的念头，现在不会再有了。

这双异常敏捷的手，大概就是他绰号"快手刘"的来历。他也这样称呼自己，以至在我们居住那一带无人不知他的大名。我童年的许多时光，就是在这最最简单又百看不厌的土戏法里，在这一直也不曾解开的迷阵中，在他这双神奇莫测、令人痴想不已的快手之间消磨的。他给了我多少好奇的快乐呢？

那些伴随着童年的种种人和事，总要随着童年的消逝而远去。我上中学以后就不常见到快手刘了。只是路过那路口时，偶尔碰见他。他依旧那样兴冲冲地变"小碗扣球"，身旁摆着插满棒糖的小绿木箱。此时我已经是懂事的大孩子了，不再会把他的手想象成双层的，却依然看不出半点破绽，身不由已地站在那里，饶有兴致地看了一阵子。我敢说，世界上再好的剧目，哪怕是易卜生和莎士比亚，也不能像我这样成百上千次看个不够。

我上高中是在外地。人一走，留在家乡的童年和少年就像合上的书。往昔美好的故事，亲切的人物，甜醉的情景，就像鲜活的花瓣夹在书页里，再翻开都变成了干枯了的回忆。谁能使过去的一切复活？那去世的外婆，不知去向的挚友，妈妈乌黑的卷发，久已遗失的那些美丽的书，那跑丢了的绿眼睛的小白猫……还有快手刘。

高中二年级的暑期，我回家度假。一天在离家不远的街口看见十多个孩子围着什么又喊又叫。走近一看，心中怦然一动，竟是快手刘！他依旧卖糖和变戏法，但人已经大变样子。十年不见，他好像度过了二十年。模样接近了老汉。单是身旁摆着的那只木箱，就带些凄然的样子。它破损不堪，黑乎乎、黏腻腻，看不出一点先前那悦目的绿色。横板上插糖的洞孔，多年来给棒糖的竹棍捅大了，插在上边的棒糖东倒西歪。再看他，那肩上、背上、肚子上、臂上的肉都到哪儿去了呢？饱满的曲线没了，衣服下处处凸出尖尖的骨形来；脸盘仿佛小了一圈，眸子无光，更没有当初左顾右盼、流光四射的精神。这双手尤其使我动心——他分明换了一双手！手背上青筋缕缕，污黑的指头上绕着一圈圈皱纹，好像吐尽了丝而皱缩下去的老蚕……于是，当年一切神秘的气氛和绝世的本领都从这双手上消失了。他抓着两只碗口已经碰得破破烂烂的茶碗，笨拙地翻来翻去，那四个小球儿，一会儿没头没脑地撞在碗边上，一会儿从手里掉下来。他的手不灵了！孩子们叫起来：“球儿在那儿呢！”“在手里哪！”“指头中间夹着哪！”在这喊声里，他一慌张，手就愈不灵，抖抖索索搞得他自己也不知道球儿都在哪里了。无怪乎四周的看客只是寥寥一些孩子。

“在他手心里，没错！绝没在碗底下！”有个光脑袋的胖小子叫道。

我也清楚地看到，在快手刘扣过茶碗的时候，把地上的球儿取在手中。这动作缓慢迟钝，失误就十分明显。孩子们吵着闹着叫快手刘张开手，快手刘的手却攥得紧紧的，朝孩子们尴尬地掬出笑容。这一笑，满脸皱纹都挤在一起，好像一个皱纸团。他几乎用请求的口气说：

“是在碗里呢！我手里边什么也没有……”

当年神气十足的快手刘哪会用这种口气说话？这些稚气又认真的孩子偏偏不依不饶，非叫快手刘张开手不可。他哪能张手，手一张开，一切都完了。我真不愿意看见快手刘这一副狼狈的、惶惑的、无措的窘态。多么希望他像当年那次——由于我自作聪明，揭他老底，迫使他亮出一个捉摸不透的绝招。小球儿突然不翼而飞，呼之即来。如果他再使一下那个绝招，叫这些不知轻重的孩子领略一下名副其实的快手刘而瞠目结舌多好！但他老了，不再会有那花好月圆的岁月年华了。

我走进孩子们中间，手一指快手刘身旁的木箱说：

“你们都说错了，球儿在这箱子上呢！”

孩子们给我这突如其来的话弄得莫名其妙，都瞅那木箱，就在这时，我眼角瞥见快手刘用一种尽可能的快速度把手里的小球儿塞到碗下边。

“球儿在哪儿呢？”孩子们问我。

快手刘笑呵呵翻开地上的茶碗说：

“瞧，就在这儿哪！怎么样？你们说错了吧，买块糖吧，这糖是纯糖熬的，单吃糖也不吃亏。”

孩子们给骗住了，再不喊闹。一两个孩子掏钱买糖，其余的一哄而散。随后只剩下我和从窘境中脱出身来的快手刘，我一扭头，他正瞧我。他肯定不认识我。他皱着花白的眉毛，饱经风霜的脸和灰蒙蒙的眸子里充满疑问，显然他不明白，我这个陌生的青年何以要帮他一下。

歪儿

那个暑假，天刚擦黑，晚饭吃了一半，我的心就飞出去了。因为我又听到歪儿那尖细的召唤声："来玩踢罐电报呀——"

"踢罐电报"是那时男孩子们最喜欢的游戏。它不单需要快速、机敏，还带着挺刺激的冒险滋味。它的玩法又简单易学，谁都可以参加。先是在街中央用白粉粗粗画一个圈儿，将一个空洋铁罐儿摆在圈里，然后大家聚拢一起"手心手背"分批淘汰，最后剩下一个人坐庄。坐庄可不易，他必须极快地把伙伴们踢得远远的罐儿拾回来，放到原处，再去捉住一个乘机躲藏的孩子顶替他，才能下庄；可是就在他四处去捉住那些藏身的孩子时，冷不防从什么地方会蹿出一人，"叭"地将罐儿丁零当啷踢得老远，倒霉，又得重新开始……一边要捉人，一边还得防备罐儿再次被踢跑，这真是个苦差事，然而最苦的还要算是歪儿！

歪儿站在街中央，寻着空铁罐左盼右盼，活像一个蒸熟了的小红薯。

他细小，软绵绵，歪歪扭扭；眼睛总像睁不开，薄薄的嘴唇有点斜，更奇怪的是他的耳朵，明显的一大一小，像是父子俩。他母亲是苏州人，四十岁才生下这个有点畸形的儿子，取名叫“弯儿”。我们天天都能听到她用苏州腔呼唤儿子的声音,却把“弯儿”错听成“歪儿”。也许这“歪儿”更像他的模样。由于他身子歪，跑起来就打斜，玩踢罐电报便十分吃亏。可是他太热爱这种游戏了，他宁愿坐庄，宁愿徒自奔跑，宁愿一直累得趺趺撞撞……大家玩的罐儿还是他家的呢！

只有他家才有这装芦笋的长长的铁罐，立在地上很得踢，如果要没有这宝贝罐儿，说不定大家嫌他累赘，不带他玩了呢！

我家刚搬到这条街上来，我就加入了踢罐电报的行列，很快成了佼佼者。这游戏简直就是为我发明的——我的个子比同龄的孩子高一头，腿也几乎长一截，跑起来真像骑摩托送电报的邮差那样风驰电掣，谁也甭想逃脱我的追逐。尤其我踢罐儿那一脚，“叭”的一声过后，只能在远处朦胧的暮色里去听它丁零当啷的声音了，要找到它可费点劲呢！这时，最让大家兴奋的是瞅着歪儿去追罐儿那样子，他一忽儿斜向左，一忽儿斜向右，像个脱了轨而瞎撞的破车，逗得大家捂着肚子笑。当歪儿正要发现一个藏身的孩子时，我又会闪电般冒出来，一脚把罐儿踢到视线之外，可笑的场面便再次出现……就这样，我成了当然的英雄，得意非凡；歪儿怕我，见到我总是一脸懊丧。天天黄昏，这条小街上充满着我的迅猛威风和歪儿的疲于奔命。终于有一天，歪儿一屁股坐在白粉圈里，怏怏无奈地痛哭不止……他妈妈跑出来，操着纯粹的苏州腔朝他叫着骂着，扯他胳膊回家。这愤怒的声音里似乎含着对我们的谴责。我们都感觉自己做了什么不好的事，默默站了一会儿才散。

歪儿不来玩踢罐电报了。他不来，罐儿自然也变了，我从家里拿来一种装草莓酱的小铁罐，短粗，又轻，不但踢不远，有时还踢不上，游戏的快乐便减色许多。那么失去快乐的歪儿呢？我望着他家二楼那扇黑黑的玻璃窗，心想他正在窗后边眼巴巴瞧着我们玩吧！这时忽见窗子一点点开启，跟着一个东西扔下来。这东西掉在地上的声音那么熟悉、那么悦耳、那么刺激，原来正是歪儿那长长的罐儿。我的心头第一次感到被一种内疚深深地刺痛了。我迫不及待地朝他招手，叫他来玩儿。

歪儿回到了我们中间。

一切都奇妙又美好地发生了变化。大家并没有商定什么，却不约而同，齐心合力地等待着这位小伙伴了。大家尽力不叫他坐庄，有时他“手心手背”输了，也很快有人情愿被他捉住，好顶替他。大家相互配合，心领神会，作假成真。一次，我看见歪儿躲在一棵大槐树后边正要被发现，便飞身上去，一脚把罐儿踢得好远好远，解救了歪儿，又过去拉着他，急忙藏进一家院内的杂物堆里。我俩蜷缩在一张破桌案下边，紧紧挤在一起，屏住呼吸，却互相能感到对方的胸脯急促起伏，这紧张充满异常的快乐呵！我忽然见他那双眯缝的小眼睛竟然睁得很大，目光兴奋、亲热、满足，并像晨星一样光亮！原来他有这样一双又美又动人的眼睛。是不是每个人都有这样一双眼睛？就看我们能不能把它点亮。

捅马蜂窝

爷爷的后院虽小，它除去堆放杂物，很少人去，里边的花木从不修剪，快长疯了！枝叶纠缠，阴影深浓，却是鸟儿、蝶儿、虫儿们生存和嬉戏的一片乐土，也是我儿时的乐园。我喜欢从那爬满青苔的湿漉漉的大树干上，取下一只又轻又薄的蝉衣，从土里挖出筷子粗肥大的蚯蚓，把团团飞舞的小蠓虫赶到蜘蛛网上去。那沉甸甸压弯枝条的海棠果，个个都比市场买来的大。这里，最壮观的要数爷爷窗檐下的马蜂窝了，好像倒垂的一只大莲蓬，无数金黄色的马蜂爬进爬出，飞来飞去，不知忙些什么，大概总有百十只之多，以致爷爷不敢开窗子，怕它们中间哪个冒失鬼一头闯进屋来。

“真该死，屋子连透透气儿也不能，哪天请人来把这马蜂窝捅下来！”奶奶总为这个马蜂窝生气。

“不行，要蜇死人的！”爷爷说。

“怎么不行？头上蒙块布，拿竹竿一捅就下来。”奶奶反驳道。

“捅不得，捅不得。”爷爷连连摇手。

我站在一旁，心里却涌出一种捅马蜂窝的强烈欲望。那多有趣！当我给这个淘气的欲望鼓动得难以抑制时，就找来妹妹，乘着爷爷午睡的当儿，悄悄溜到从走廊通往后院的小门口。我脱下褂子蒙住头顶，用扣上衣扣儿的前襟遮盖下半张脸，只需一双眼。又把两根竹竿接绑起来，作为捣毁马蜂窝的武器。我和妹妹约定好，她躲在门里，把住关口，待我捅下马蜂窝，赶紧开门放我进来，然后把门关住。

妹妹躲在门缝后边，眼瞧我这非凡而冒险的行动。我开始有些迟疑，最后还是好奇战胜了胆怯。当我的竿头触到蜂窝的一刹那，好像听到爷爷在屋内呼叫，但我已经顾不得别的，一些受惊的马蜂轰地飞起来，我赶紧用竿头顶住蜂窝使劲地摇撼两下，只听“嗵”，一个沉甸甸的东西掉下来，跟着一团黄色的飞虫腾空而起。我扔掉竿子往小门那边跑，谁料到妹妹害怕，把门在里边插上，她跑了，将我关在门外。我一回头，只见一只马蜂径直而凶猛地朝我扑来，好像一架燃料耗尽、决心相撞的战斗机。这复仇者不顾一死而拼死的气势使我惊呆了。瞬间只觉眉心像被针扎似的剧烈地一疼，挨蜇了！我下意识地用手一拍，感觉我的掌心触到它可怕的身体。我吓得大叫，不知道谁开门把我拖到屋里。

当夜，我发了高烧。眉心处肿起一个枣大的疙瘩，自己都能用眼瞧见。家里人轮番用醋、酒、黄酱、万金油和凉手巾把儿，也没能使我那肿疮迅速消下来。转天请来医生，打针吃药，七八天后才渐渐复愈。这一下好不轻呢！我生病也没有过这么长时间，以致消肿后的几天里不敢到那通向后院的小走廊上去，生怕那些马蜂还守在小门口等着我。

过了些天，惊恐稍定，我去爷爷的屋子，他不在，隔窗看见他站在当院里，摆手召唤我去，我大着胆子去了。爷爷手指窗根处叫我看，原来是我捅掉的那个马蜂窝，却一只马蜂也不见了，好像一只丢弃的干枯的大莲蓬头。爷爷又指了指我的脚下，一只马蜂！我惊吓得差点叫起来，慌忙跳开。

“怕什么，它早死了！”爷爷说，“这就是蜇你的那只马蜂，可能被你那一拍，拍死的。”

仔细瞧，噢，原来是死的。仰面朝天躺在地上，几只黑蚂蚁在它身上爬来爬去。

“马蜂就是这样，你不惹它，它不蜇你。”爷爷说。

“那它干吗还要蜇我呢，这样它自己不也完了吗？”

“你毁了它的家——那是多大一个家呀！它当然要跟你拼命的！”爷爷说。

我听了心里暗暗吃惊。一只小虫竟有这样的激情和勇气。低头再瞧瞧那只马蜂，微风吹着它，轻轻颤动，好似活了一般。我不禁想起那天它朝我猛扑过来时那副生死不顾的架势，与毁坏它们生活的人拼出一切，真像一个英雄……我面对这壮烈牺牲的小飞虫的尸体，似乎有种罪孽感沉重地压在我的心上。

那一窝马蜂呢，被我扰得无家可归的一群呢，它们还会不会回来重建家园？我甚至想用胶水把那只空空的蜂窝粘上去。

这一年，我经常站在爷爷的后院里，始终没有等来一只马蜂。

转年开春，有两只马蜂飞到爷爷的窗檐下，落到被晒暖的木窗框上，然后还在过去的旧巢的残迹上爬了一阵子，跟着飞去而不再来。空空又是一年。

第三年，风和日丽之时，爷爷忽叫我抬头看，隔着窗玻璃看见窗檐下几只赤黄色的马蜂忙来忙去。在这中间，我忽然看到，一个小巧的、银灰色的、第一间蜂窝已经筑成了。

于是，我和爷爷面对面开颜而笑，笑得十分舒心。我不由得暗暗告诉自己，再不做一件伤害旁人的事了。

我最初的人生思索

大概是我九岁那年的晚秋，因为穿着很薄的衣服在院里跑着玩，跑得一身汗，又站在胡同口去看一个疯子，拍了风，病倒了。病得还不轻呢！面颊烧得火辣辣的，脑袋晃晃悠悠，不想吃东西，怕光，尤其受不住别人嗡嗡出声地说话……

妈妈就在外屋给我架一张床，床前的茶几上摆了几瓶味苦难吃的药，还有与其恰恰相反，挺好吃的甜点心和一些很大的梨。妈妈用手绢遮在灯罩上，嗯，真好！灯光细密的针芒再不来逼刺我的眼睛了，同时把一些奇形怪状的影子映在四壁上。为什么精神颓萎的人竟贪享一般地感到昏暗才舒服呢？

我和妈妈住的那间房有扇门通着。该入睡时，妈妈披一条薄毯来问我还难受不，想吃什么。然后，她低下身来，用她很凉的前额抵一抵我的头，那垂下来的毯边的丝穗弄得我的肩膀怪痒的。“还有点烧，谢天谢地，好多了……”她说。在半明半暗的灯光里，妈妈朦胧而温柔的脸上现出爱抚和舒心的微笑。

最后，她扶我吃了药，给我盖了被子，就回屋去睡了。只剩下我自己了。

我一时睡不着，便胡思乱想起来。总想编个故事解解闷，但脑子里乱得很，好像一团乱线，抽不出一个可以清晰地思索下去的线头。白天留下的印象搅成一团：那个疯子可笑和可怕的样子总缠着我，不想不行；还有追猫呀、大笑呀、死蜻蜓呀，然后是哥哥打我，挨骂了，呕吐了，又是挨骂；鸡蛋汤冒着热气儿……穿白大褂的那个老头，拿着一个连在耳朵上的冰凉的小铁疙瘩，一个劲儿地在我胸脯上乱摁。后来我觉得脑子完全混乱，不听使唤，便什么也不去想，渐渐感到眼皮很重，昏沉沉中，觉得茶几上几只黄色的梨特别刺眼，灯光也讨厌得很，昏暗、无聊、没用，呆呆地照着。睡觉吧，我伸手把灯闭了。

黑了！霎时间好像一切都看不见了。怎么这么安静、这么舒服呀……

跟着，月光好像刚才一直在窗外窥探，此刻从没拉严的窗帘的缝隙里钻了进来，碰到药瓶上、瓷盘上、铜门把手上，散发出淡淡发蓝的幽光。远处一家作坊的机器有节奏地响着，不会儿也停下来了。偶尔，从很远很远的地方传来货轮的鸣笛声，声音沉闷而悠长……

灯光怎么使生活显得这么狭小，它只照亮身边；而夜，黑黑的，却顿时把天地变得如此广阔、无限深长呢？

我那个年龄并不懂得这些。思索只是简单、即时和短距离的，忧愁和烦恼还从未有乘着夜静和孤独悄悄爬进我的心里。我只觉得这黑夜中的天地神秘极了，浑然一气，深不可测，浩无际涯；我呢，这么小，无依无靠，孤孤单单。这黑洞洞的世界仿佛要吞掉我似的。这时，我感到身下的床没了，屋子没了，地面也没了，四处皆空，一切都无影无踪，自己恍惚悬在天上了，躺在软绵绵的云彩上……周围那样旷阔，一片无穷无尽的透明的乌蓝色，这云也是乌蓝乌蓝的，远远近近还忽隐忽现地闪烁着星星般五光十色的亮点儿……

这天究竟有多大，它总得有个尽头呀！哪里是边？那个边的外面是什么？又有多大？再外边……难道它竟无边无际吗？相比之下，我们多么小。我们又是谁？这么活着，喘气，眨眼，我到底是谁呀！

我伸手摸摸自己的脸、鼻子、嘴唇，觉得陌生又离奇，挺怪似的……这究竟是怎么回事？

我是从哪儿来的？从前我在哪里？什么样子？我怎么成为现在这个我的？将来又怎么样？长大，像爸爸那么高，做事……再大，最后呢？老了，老了以后呢？这时我想起妈妈说过的一句话："谁都得老，都得死的。"

死？这是个多么熟悉的字眼呀！怎么以前我就从来没想过它意味着什么呢？死究竟意味着什么？像爷爷，像从前门口卖糖葫芦那个老婆婆，闭上眼，不能说话，一动不动，好似睡着了一样。可是大家哭得那么伤心。到底还是把他们埋在地下了。为什么要把他们埋起来？他们不就永远也不能说话，也不能动，永远躺在厚厚的土地下了？难道就因为他们死了吗？忽然，我一阵感到死的神秘、阴冷和可怕，觉得周身就仿佛散出凉气来。

于是，哥哥那本没皮儿的画报里脸上长毛的那个怪物出现了，跟着是白天那只死蜻蜓，随时想起来都吓人的鬼故事，跟着，胡同口的那个疯子朝我走来了……黑暗中，出现许多爷爷那样的眼睛，大大小小，紧闭着，眼皮还在鬼鬼祟祟地颤动着，好像要突然睁开，瞪起怕人的眼珠儿来……

我害怕了，已从将要入睡的懵懵中完全清醒过来了。我想——将来，我也要死的，也会被人埋在地下，这世界就不再有我了。我也就再不能像现在这样踢球呀，做游戏呀，捉蟋蟀呀，看马戏时吃那种特别酸的红果片呀……还有时去舅舅家看那个总关得严严实实的迷人的大黑柜，逗那条瘸腿狗，到那乱七八糟、杂物堆积的后院去翻找“宝贝”……而且再也不能“过年”了，那样地熬夜、拜年、放烟火、攒压岁钱；表哥把点着的鞭炮扔进鸡窝去，吓得鸡像鸟儿一样飞到半空中，乐得我喘不过气来；我们还瞒着妈妈去野坑边钓鱼，钓来一条又黄又丑的大鱼，给馋嘴的猫咪饱餐了一顿；下雨的晚上，和表哥躺在被窝里，看窗外打着亮闪，响着大雷……活着有多少快活的事，死了就完了。那时，表哥呢？妹妹呢？爸爸妈妈呢？他们都会死吗？他们知道吗？怎么也不害怕呀！我们能够不死吗？活着有多好！大家都好好活着，谁也不死。可是，可是不行啊……“谁都得老，都得死的。”死，这时就像拥有无限威力似的，而且严酷无情。在它面前，我那么无力，哀求也没用，大家都一样，只有顺从，听摆布，等着它最终的来临……想到这里，尤其是想到妈妈，我的心简直冷得发抖。

妈妈将来也会死吗？她比我大，会先老，先死的。她就再不能爱我了，不能像现在这样，脸挨着脸，搂我，亲我……她的笑，她的声音，她柔软而暖和的手，她整个人，在将来某一天就会一下子永远消失了吗？她会有多少话想说，却不能说，我也就永远无法听到了；她再看不见我，我的一切她也不再会知道。如果那时我有话要告诉她呢？到哪儿去找她？她也得被埋在地下吗？土地，坚硬、潮湿、冷冰冰的……我真怕极了。先是伤心、难过、流泪，而后愈想愈加心虚害怕，急得蹬起被子来。趁妈妈活着的时光，我要赶紧爱她，听她的话，不惹她生气，只做让大家和妈妈高兴的事。哪怕她还骂我，我也要爱她，快爱，多爱。我就要起来跑到她房里，紧紧搂住她……

四周黑极了，这一切太怕人了。我要拉开灯，但抓不着灯线，慌乱的手碰到茶几上的药瓶。我便失声哭叫起来："妈妈，妈妈……"

灯忽然亮了。妈妈就站在床前。她莫名其妙地看着我："怎么，做噩梦了？别怕……孩子，别怕。"

她俯身又用前额抵一抵我的头。这回她的前额不凉，反而挺热的了。"好了，烧退了。"她宽心而温柔地笑着。

刚才的恐怖感还没离开我。这是怎么回事？我茫然地望着她，有种异样的感觉。一时，我很冲动，要去拥抱她，但只微微挺起胸脯，脑袋却像灌了铅似的沉重，刚刚离开枕头，又坠倒在床上。

“做什么？你刚好，当心再着凉。”她说着便坐在我床边，紧挨着我，安静地望着我，一直在微笑，并用她暖和的手抚弄我的脸颊和头发。“你刚才是不是做噩梦了？听你喊的声音好大哪！”

“不是，……我想了……将来，不，我……”我想把刚才所想的事情告诉给妈妈，但不知为什么，竟然无法说出来。是不是担心说出来，她知道后也要害怕的？那是件多么可怕的事啊！

“得了，别说了，疯了一天了，快睡吧！明天病就全好了……”

昏暗的灯光静静地照着床前的药瓶、点心和黄色的梨，照着妈妈无言而含笑的脸。她拉着我的手，我便不由得把她的手握得紧紧的……

我再不敢想那些可怕又莫解的事了。但愿世界上根本没有那种事。

栖息在邻院大树上的乌鸦不知为何缘故，含混不清地咕囔一阵子，又静下去了。被月光照得微明的窗帘上走过一只猫的影子。渐渐地，一切都静止了，模糊了，淡远了，融化了，变成一团无形的、流动的、软软而迷漫的烟。我不知不觉便睡着了。

一个深奥而难解的谜，从那个夜晚便悄悄留存在我的心里。后来我才知道，这是我最初在思索人生。

“明天”乃是人生中最富魅力的字眼儿。生命的定义就是拥有明天。它不像“未来”那么过于遥远与空洞。它就守候在门外。走出了今天便进入了全新的明天。

第三章 精神领地

人为了看见自己的内心才画画

夕照透入书房

我常常在黄昏时分，坐在书房里，享受夕照穿窗而入带来的那一种异样的神奇。

此刻，书房已经暗下来。到处堆放的书籍文稿以及艺术品重重叠叠地隐没在阴影里。

暮时的阳光，已经失去了白日里的咄咄逼人，它变得很温和，很红，好像一种橘色的灯光，不管什么东西给它一照，全都分外地美丽。首先是窗台上那盆已经衰败的藤草，此刻像镀了金一样，蓬勃发光；跟着是书桌上的玻璃灯罩，亮闪闪的，仿佛打开了灯；然后，这一大片橙色的夕照带着窗棂和外边的树影，斑斑驳驳地投射在东墙那边一排大书架上。阴影的地方书皆晦暗，光照的地方连书脊上的文字也看得异常分明。《傅雷文集》的书名是烫金的，金灿灿放着光芒，好像在骄傲地说：“我可以永存。”

怎样的事物才能真正地永存？阿房宫和华清池都已片瓦不留，李杜的名句和老庄的格言却一字不误地镌刻在每个华人的心里。世上延绵最久的还是非物质的——思想与精神。能够准确地记忆思想的只有文字。所以说，文字是我们的生命。

当夕阳移到我的桌面上，每件案头物品都变得妙不可言。一尊苏格拉底的小雕像隐在暗中，一束细细的光芒从一丛笔杆的缝隙中穿过，停在他的嘴唇之间，似乎想撬开他的嘴巴，听一听这位古希腊的哲人对如今这个混沌而荒谬的商品世界的醒世之言。但他口含夕阳，紧闭着嘴巴，一声不吭。

昨天的哲人只能解释昨天，今天的答案还得来自今人。这样说来，一声不吭的原来是我们自己。

陈放在桌上的一块四方的镇尺最是离奇。这个镇尺是朋友赠送给我的。它是一块纯净的无色玻璃，一条弯着尾巴的小银鱼被铸在玻璃中央。当阳光彻入，玻璃非但没有反光，反而由于纯度过高而消失了，只有那银光闪闪的小鱼悬在空中，无所依傍。它瞪圆眼睛，似乎也感到了一种匪夷所思。

一只蚂蚁从阴影里爬出来，它走到桌面一块阳光前，迟疑不前，几次刚把脑袋伸进夕阳里，又赶紧缩回来。它究竟畏惧这奇异的光明，还是习惯了黑暗？黑暗总是给人一半恐惧，一半安全。

人在黑暗外边感到恐惧，在黑暗里边反倒觉得安全。

夕阳的生命是有限的。它在天边一点点沉落下去，它的光却在我的书房里渐渐升高。短暂的夕照大概知道自己大限在即，它最后抛给人间的光芒最依恋也最夺目。此时，连我的书房的空气也是金红的。定睛细看，空气里浮动的尘埃竟然被它照亮。这些小得肉眼刚刚能看见的颗粒竟被夕阳照得极亮极美，它们在半空中自由、无声和缓缓地游弋着，好像徜徉在宇宙里的星辰。这是唯夕阳才能创造的境象——它能使最平凡的事物变得无比神奇。

在日落前的一瞬，夕阳残照已经挪到我书架最上边的一格。满室皆暗，只有书架上边无限明媚。那里摆着一只河北省白沟的泥公鸡。雪白的身子，彩色翅膀，特大的黑眼睛，威武又神气。这个北方著名的泥玩具之乡，至少有千年的历史，但如今这里已经变为日用小商品的集散地，昔日那些浑朴又迷人的泥狗泥鸡泥人全都了无踪影。可是此刻，这个幸存下来的泥公鸡，不知何故，对着行将熄灭的夕阳张嘴大叫。我的心已经听到它凄厉的哀鸣。这叫声似乎也感动了夕阳。一瞬间，高高站在书架上端的泥公鸡竟被这最后的阳光照耀得夺目和通红，好似燃烧了起来。

书架

大凡人们都是先有书，后有书架的：书多了，无处搁放，才造一个架子。我则不然。我仅有十多本书时，就有一个挺大、挺威风、挺华美的书架了。它原先就在走廊贴着墙放着，和人一般高，红木制的，上边有细致的刻花，四条腿裹着厚厚的铜箍。我只知是家里的东西，不知原先是谁用的，而且玻璃拉门一扇也没有了，架上也没有一本书，里边一层层堆的都是杂七杂八什么破布呀、旧竹篮呀、废铁罐呀、空瓶子呀等等，简直就是个杂货架子了。日久天长，还给尘土浓浓地涂了一层灰颜色，谁见了它都躲开走，怕沾脏了衣服，我从来也没想到它会与我有什么关系。只是年年入秋，我把那些大大小小的蟋蟀罐儿一排排摆在上边，起先放在最下边一层，随着身子长高而渐渐一层层向上移。

至于拿它当书架用，倒有一个特别的起因。

那是十一岁时，我到一个同学家里去玩儿，见到这同学的爷爷，一位皓首霜须、精神矍铄、性情豁朗的长者。他的房间里四壁都是书架，几乎瞧不见一块咫尺大小的空墙壁。书架上整整齐齐排满书籍。我感到这房间又神秘又宁静，而且莫测高深。这老爷爷一边轻轻捋着老山羊那样一绺梢头翘起的胡须，一边笑嘻嘻地和我说话，不知为什么，我这张平日挺能说话的嘴巴始终紧紧闭着，不敢轻易地张开。是不是在这位拥有万卷书的博知的长者面前，任何人都会自觉轻浅，不敢轻易开口呢？我可弄不清自己那冥顽混沌的少年时代的心理和想法，反正我回家后，就把走廊那大书架硬拖到我房间里，擦抹得干干净净，放在小屋最显眼的地方，然后把自己的宝贝书也都一本紧挨着一本立在上边。瞧，《敏豪生奇遇记》啦、《金银岛》啦、《说唐》啦、《祖母的故事》啦、《铁木儿和他的伙伴》啦……一时我觉得自己有点像同学家那老爷爷了，心里有种说不出的快感。遗憾的是，这些书总共不过十多本，放在书架上，显得可怜巴巴，好比在一个大院子里只栽上几棵花，看上去又穷酸又空洞。我就到爷爷、妈妈、姐姐妹妹的房间里去搜罗，凡是书籍，不论什么内容，一律拿来放在我的书架上，惹得他们找不到就来和我吵闹。我呢，就像小人国的仆役，急于要塞饱格列佛的大肚囊那样，整天费尽心思和力气到处找书。大概最初我就是为了填满这大书架才去书店、遛书摊、逛书市的。我没有更多的钱，就把乘车、看电影和买冰棒的钱都省下来买了书。

到底从什么时候开始，我不再为了充实书架而买书，记不得了。我有过一种感觉：当许许多多好书挤满在书架上，书架就变得次要、不起色，甚至没什么意义了。我渐渐觉得还有一个硕大无比、永远也装不满的书架，那就是我自己。

此后，我就忙于填满自己这个“大书架”了。

书是无穷无尽的。一本本书就像一个个潮头，一页页书就像一片片浪花，书上的字便是一颗颗晶莹的水珠。它们汇成了海洋吗？那么你最多只是站立滩头的弄潮儿而已。大洋深处，有谁到过？有人买书，总偏于某一类。我却不然。两本内容完全是两个领域的书，看起来毫无关系，就像各处在太平洋和大西洋的两滴水珠，没有任何关联一样，但不知哪一天，出于一种什么机缘和需要，它俩也会倏然地融成一滴。

这样，我的书就杂了。还有些绝版的、旧版的书，参差地竖立在书架上，它们带着不同时代的不同风韵气息，这一架子书所给我的精神享受也是无穷无尽的了。

一九六六年，正是我那书架的顶板上也堆满书籍时，却给骤然疾来的“红色狂飙”一扫而空。这大概也叫作“物极必反”吧！我被狂热无知的“小将”们逼着把书抱到当院，点火烧掉。那时，我居然还发明了一种焚烧精装书的办法。精装本是硬纸皮，平放烧不着，我就把书一本本立起来，扇状地打开，让一页页纸中间有空气，这样很快地就烧去书心，剩下一排熏黑的硬书皮立在地上。我这一项发明获得监视我烧书的“小将”的好感，免了一些戴纸帽、挨打和往脸上涂墨水的刑罚。

书架空了，没什么用了，我又把它搬回到走廊上。这时，我已成家，就拿它放盐罐、油瓶、碗筷和小锅。它便变得油腻、污黑、肮脏，重新过起我少年时代之前那种被遗弃一旁的空虚荒废的生活。

有时，我的目光碰到这改作碗架的书架，心儿陡然会感到一阵酸楚与空茫。这感觉，只有那种思念起永别的亲人与挚友的心情才能相比。痛苦在我心里渐渐铸成一个决心：反正今后再不买书了。

生活真能戏弄人，有时好像成心和人较劲，它能改变你的命运，更不会把你的什么“决心”当作一回事。

最近几年，无数崭新的书出现在书店里。每当我站在这些书前，那些再版书就像久别的老朋友向我打招呼，新版书却像一个个新遇见的富于魅力的朋友朝我微笑点首。我竟忍不住取在手中，当手指肚轻轻抚过那光洁的纸面时，另一只手已经不知不觉地伸进口袋，掏出本来打算买袜子、买香烟、买橘子的钱来……

沾上对书的嗜好就甭想改掉。顺从这高贵而美好的嗜好吧！我想。

如今我那书架又用碱水擦净，铺上白纸，摆满油墨芳香四溢的新书，亭亭地立在我的房间里。我爱这一架新书。但我依旧怀念那一架旧书。世界上丢失的东西，有些可以寻找回来，有些却无从觅处。但被破坏了的好的事物总要重新开始，就像我这书架……

书桌

我有张小小的书桌。它又窄又矮，破旧极了，在外人眼里简直不成样子。上边的漆成片地剥落下来，残余的漆色变得晦暗发黑，连我自己都认不准它最初是什么颜色。桌面又满是划痕、硬伤，还有热水杯烫成的一个个套起来的深深浅浅的白圈儿。它一边只有三个小抽屉，抽屉的把手早不是原套了，一个是从破箱子上移来的铜把手，另两个是后钉上去的硬木条。别看它这副模样，三十年来，却一直放在我的窗前，我房间透进光来的地方。我搬过几次家，换过几件家具，但从来没有想到处理掉它……

“这么难看还要它干吗？！要是我早劈掉生火了！”

“它又不实用。你这么大人将就这样一个小桌子，早晚得驼背！”

“你怎么就是不肯扔掉这破玩意儿，难道它是件宝？你说呀……”

我笑而不答。那淡淡的笑意里包含着任何知己都难以理解、难以体会到的一种、一种……一种什么呢？

没有共同的经历就不会有同感。有时，同感能发挥出非常奇妙的作用，它能成为两颗心相融的最短、最直接的通道。如果没有同感，说它做什么？还不如独自一人到树林里，踩着落叶，自己对自己默默地说它一阵子，排遣出来，倒是一种慰安。

我无法想起，究竟是什么时候，我开始使用这小桌的。我只模模糊糊记得，最初，我是站在它前面写写画画，而不是坐着。待我要坐下时，屁股下边必须垫上书包、枕头或一大叠画报，才能够得上桌面……

记忆里，幼时的事，都是穿不成串儿的珠子。这珠子却在记忆的深井的底儿滴溜溜、闪闪发光地打转，很难抓住它们——

我把“人”字总误写成“入”字，就在这桌上吧！

我一排排地晾干弹弓子用的小泥球儿，就在这桌上吧！

我在小木板上钉钉子，就在这桌上吧！

对，就在这儿。桌面上原来有一块能够照见自己脸儿的光光的玻璃板，给我钉钉子时打碎了——这件事我可记得清清楚楚，为此我还挨爸爸一通好打呢！也许打得太疼，我才记得十分牢。但过后我却一点也不后悔。因为，从此我做过的、经历过的、经受过的许许多多的事，都在这没有玻璃板保护的桌面上留下了痕迹。

桌面上净是些小瘪坑。有的坑儿挺深，像个洞眼，蚂蚁爬到那儿，得停一下，迟疑片刻，最后绕过去……细细瞧吧，还满是划痕呢，横竖歪斜，有的深，如一道沟，有的轻浅，还有的比蛛丝还细。这细细的印痕，是不是当初刮铅笔尖留下的？那一条条长长的道道儿，是不是随意用指甲划上去的？那儿黑乎乎的一块儿，是不是过年做灯笼，烤弯竹条时碰倒了蜡烛烧的？分辨不清了，原因不明了，全搅在一起了。这中间还混着许多字迹，钢笔的、铅笔的、墨笔的，还有用什么硬东西刻上去的。也有画上去的形象，有的完整，有的破碎——一只靴子啦、枪啦、一张侧面脸啦，这是不是我的自画像？年深日久，早都给磨得模糊一片。痕迹斑驳的桌面，有如一块风化得相当厉害、漫漶不清的碑石。

但我从中细心查辨，也能认出某些痕迹的来由，想起这里边包含着的、只有我才知道的故事，并联想到与此有关或无关的、早已融进往昔岁月中的童年生活。

为此，我很少用湿布去拭抹它。

只有一次例外。那是我上小学四年级时。我前排坐着一个女同学，十分瘦弱。她年龄与我一般大，个子却比我矮一头。两条短短的黄辫儿，简直是两根麻绳头。一天，上语文课，我没听讲，却悄悄把眼前的两条黄辫子拴在这女同学的椅子背儿上。正巧老师叫她回答问题，她一起身，拴住的辫子扯得她头痛得大叫。我的语文老师姓李，瘦削的脸满是黑胡楂，连脸颊上都是。一副黑边的近视镜遮住他的眼神，使我头次见到他时以为他挺凶，其实他温和极了。他对我们调皮的忍耐限度比别的老师都大。但不知为什么，那天他好厉害，把我一把拉到课堂前，叫我伸出双手，狠狠打了十多板子。他真生气呢！气呼呼地直喘，什么话也说不出来了，只指着门，瞪圆眼对我吼道："走！快走！"我离开了课堂，一路跑回家。我手疼倒没什么，但当众挨打受罚，我的自尊心受不了。于是，我眼泪汪汪地在桌上写了"李老师是狗！"几个字。我写得那么痛快和解气，好像这几个字给我报了什么"仇"似的。这几个字就相当威风地在我桌上保留了好长时间。

在表的嘀嗒声中，在上下课的铃声中，在雨和雪轮番交替地敲打窗子声中，我长大起来，事也懂得多了。桌上那几个字却不那么神气了。反而怕被人瞧见，似乎成了一种不光彩，甚至是耻辱的污迹，我带着一种说不清是对李老师，还是对长大后再也遇不到那个瘦弱的女同学的愧疚心情，用手巾尖儿蘸些水使劲把这几个字抹下去。

真奇怪！字儿抹掉了，好像心里干净了一些。

我上了中学，毕业了，参加了工作。我的许多事，写信、写文章、画画、吃东西，做些什么零七八碎的事都在这桌上，它一直伴随着我。

但它在我长大起来的身躯前，渐渐显得矮小，不合用了，而且用久了，愈来愈破旧，在后来买进来的新家具中间，显得寒碜和过时。它似乎老了，早完成了使命，在人世间物换星移的常规里等待着接受取代。

有一天我画画。画幅大，桌面小。不得不把一半画纸垂到桌下，先画铺在桌面上的一半，待画得差不多时，再拉上纸来画另一半。这样就很难照顾到画面的整体感，我画得那么别扭，真急了，止不住愤愤地骂道：

“真该死，这破桌子！”

它听着，不吭一声。等我画好了画儿，张挂起来，画面却意外地好。我十分快活，早把桌子忘在一旁。它呢？依然默默旁立。它就是这样与我为伴，好像我不抛掉它，它就一心而从无二意地跟随着我。是不是由于它仅仅是无生命的物品，我从未把它作为一只小猫、小鸟、小兔那样的伴侣？但是，小兔死了，小猫跑了，小鸟飞了，它却不声不响地有心地记下我生活经历过的许多酸甜苦辣，并顺从地任我做任何有损于它的事。当一次，我听说自己遭遇不幸，是因为被一位多年来与我非常要好的朋友出卖时，我忍受不住，发疯似的猛地一拍桌面：

“啪！”

桌面上出现一条长长的裂缝。我那颗初入社会纯真的心上，也暗暗出现一条裂痕。它竟同我一样。

从此，我便不觉地爱护起它来了。

我有过一个女朋友。她是一只快乐的小鸟——那早晨站在沾着露水的枝头抖动翅膀、在阳光里飞来飞去、在烟囱上探头探脑的小鸟。她总笑。她整天似乎除去快乐什么也不知道。她在任何一群人中出现，都能极快地把快乐通过笑、通过活泼的目光、通过喜气洋洋的俊俏的小脸儿、通过率真的动作，传染给每一个人。我说她的快乐是照眼的、悦耳的、香喷喷的，是魔术。我称她为“快乐女神”。

她一双腿长长的，爱穿一条淡蓝色的短裙。她一进屋来，常常是一蹦就坐到小书桌上——这或许是她还带着些孩子气儿；或许她腿长，桌子矮，坐上去正合适。

我呢？过去吻她高矮也正好。我吻她，她不让。一忽儿把脸甩向左边，一忽儿又甩到右边，还调皮地笑着。她那光滑的短发像穗子一样在我笨拙的嘴唇上蹭来蹭去。

以后，由于挺复杂的原因，她终于说："我们的爱没有物质土壤，幻想的种子连幻想也结不出来了。"这句话，她说了许多遍，一次比一次肯定，最后她无可奈何又断然地离去了。

稀奇的是，那快乐女神始终与我这哑巴桌子连在一起。每当我的目光碰到桌沿，就会幻觉出她当初坐在桌上的样子。浅蓝色的短裙扇状地铺开，一双直直又顺溜儿的长腿垂下来，两只小巧的脚交叉地别着。这时她那动听的笑声好似又在桌上的空间里发出来。

我需要记着的，这桌儿都给我记着了。而那女神与我临别时掉在桌上的泪滴，却一点痕迹也没留下。大概那不是泪，而是水滴。

桌上唯有一处大硬伤。那是——那天，一群穿绿服装、臂套红色袖章的男女孩子们闯进我家来。每人拿一把斧头，说要"砸烂旧世界"，我被迫站在门口表示欢迎，并木然地瞅着他们在顷刻间把我房间里的一切胡乱砸一通。其中有个姑娘，模样挺端正，但她的眼神叫我害怕。她不吵不闹，砸起东西来异乎寻常地细致。她在屋里转来转去，把尚且完整的东西翻出来，一件件、有条不紊地敲得粉碎。然后，她翻出我一本相册，把里面的照片一张张抽出来，全都撕成两半。她做这些事时，脸上没有任何表情。

她忽然把一张照片面对我，问：

“这是谁？”

这是我那“快乐女神”的。我说：

“一个朋友。”

她微微现出一种冷笑，一双秀气的眼睛直盯着我，两只白白的手把这照片撕成细小的碎片。我至今不明白，在那时为什么一些女孩子干这种事时，反比男孩子们干得更彻底、更狠心、更无情。相册中所有女人的照片——我姐姐、妻子、母亲的，她撕得尤其凶，“唰唰唰”地响。仿佛此刻她心里有什么受不了的情感折磨着她，迫使她这样做。

最后，她临去时，一眼瞥见我的书桌。大约这书桌过于破旧，开始时并没引起他们的兴趣。此刻在一堆碎物中间，反而惹眼了。她撇向一边的薄薄的唇缝里含着一种讥讽：

“你还有这么个破玩意儿！”

随手一斧子，正砍在桌角上。掉下一块挺大的木碴。

就这样，我过去生活的一切，无论是快乐和幸福的，还是忧愁和不幸的，都留在桌上了。哪怕我忘了，它会无声地提醒我。

它就摆在我窗前。从窗子透进的光笼罩着它。我窗外是一棵大槐树的树冠。这树冠摇曳婆娑的影子总是和阳光一起投照在我这小小的桌面上。

每当这树冠的枝影间满是小小的黑点时，那是春天，黑点点儿则是大槐树初发的芽豆豆。这期间，偶尔还有一种俗名叫作“绿叶儿”的候鸟，在枝间伶俐地蹦跳的影子出现在桌面上。夏天来了，树影日浓，渐渐变成一块阴凉，密密实实地遮盖住我的小桌。等到那块厚厚的阴凉破碎了，透现出一些晃动着的阳光的斑点时，秋风还会把一两片变黄的叶子吹进窗，像几只金色的小船，落在我这如同无风的水面一般平光光的桌面上。随后该关窗子了，玻璃蒙上了薄薄的水蒸气。那片叶无存、光秃秃、只剩下枝丫的树影，便像一张朦胧模糊的大网，把我的小桌罩住……

我常常被这些情景弄得发呆。谁说它丑？它无用？它应当被丢弃？它有着任何华贵的物品都无法代替的风韵和诗意。在它的更深处，甚至还潜藏着思想。

尤其是在阴雨的日子里，乌云像拉上的厚帘子把窗户遮暗了，小桌变成黑影，很像一块浓雾里的礁石，黑黝黝的，沉默无语。忽然一道闪电把它整个照亮，它那桌面上反射着可怕的蓝色的电光。但在这一瞬间的强光里，它上边的一切痕迹都清晰地显现出来，留在这中间的往事一下子全都复活了……

我闭上眼，情愿被再现在幻觉中的往事深深地感动着。

我终于失去了它。

在地震中，塌落下来的屋顶把它压垮。我的孩子正好躲在桌下，给他保护住了生命。它才是真正地为我献出了一切呢！等我从废墟中把它找出来，只是一堆碎木板、木条和木块了。我请来一个能干的木匠，想把它复原。木匠师傅瞅着它，抽着烟，最后摇了摇头，并且莫名其妙地瞧了我一眼，显然他不明白我何以有此意图——又不是复原一件破损的稀世古物。

它就这样在我的生活中没了。

我需要书桌，只得另买一张。新买的桌子宽大、实用、漆得锃亮，高矮也挺合适。我每每坐在这崭新却陌生的大书桌前，就觉得过去的一切像那不能再生的书桌一样，烟消云散，虚无缥缈，再也无从抓住似的……

我因此感到隐隐的忧伤。不由得想起几句话，却想不起是谁说的了：

"呵，生活，你真迷人……哪怕是久已过去的，也叫人割舍不得；哪怕是不幸的，也渐渐能化为深沉的诗。"

日历

我喜欢用日历，不用月历。为什么？

厚厚一本日历是整整一年的日子。每扯下一页，它新的一页——光亮而开阔的一天便笑嘻嘻地等着我去填满。我喜欢日历每一页后边的“明天”的未知，还隐含着一种希望。“明天”乃是人生中最富魅力的字眼儿。生命的定义就是拥有明天。它不像“未来”那么过于遥远与空洞。它就守候在门外。走出了今天便进入了全新的明天。白天和黑夜的界线是灯光，明天与今天的界线还是灯光。每一个明天都是从灯光熄灭时开始的。那么明天会怎样呢？当然，多半还要看你自己的。你快乐它就是快乐的一天，你无聊它就是无聊的一天，你匆忙它就是匆忙的一天。如果你静下心来就会发现，你不能改变昨天，但你可以决定明天。有时看起来你很被动，你被生活所选择，其实你也在选择生活，是不是？

每年元月元日，我都把一本新日历挂在墙上。随手一翻，光溜溜的纸页花花绿绿滑过手心，散发着油墨的芬芳。这一刹那我心头十分快活。我居然有这么大把大把的日子！我可以做多少事情！前边的日子就像一个个空间，生机勃勃，宽阔无边，迎面而来。我发现时间也是一种空间。历史不是一种空间吗？人的一生不是一个漫长又巨大的空间吗？一个个“明天”，不就像是一间间空屋子吗？那就要看你把什么东西搬进来。可是，时间的空间是无形的，触摸不到的。凡是使用过的日子，立即就会消失，抓也抓不住，而且了无痕迹。也许正是这样，我们便会感受到岁月的匆匆与虚无。

有一次，一位很著名的表演艺术家对我讲她和她的丈夫的一件事。她唱戏，丈夫拉弦。他们很敬业。天天忙着上妆上台，下台下妆，谁也顾不上认真看对方一眼，几十年就这样过去了。一天老伴忽然惊讶地对她说：“哎哟，你怎么老了呢！你什么时候老的呀？我一直都在你身边怎么也没发现哪！”她受不了老伴脸上那种伤感的神情。她就去做了美容，除了皱，还除去眼袋。但老伴一看，竟然流下泪来。时针是从来不会逆转的。倒行逆施的只有人类自己的社会与历史。于是，光阴岁月，就像一阵阵呼呼的风或是闪闪烁烁的流光，它最终留给你的只有是无奈而频生的白发和消耗中日见衰弱的身躯。为此，你每扯去一页用过的日历时，是不是觉得有点像扯掉一个生命的页码？

我不能天天都从容地扯下一页。特别是忙碌起来，或者从什么地方开会、活动、考察、访问归来，看见几页或十几页过往的日子挂在那里，黯淡、沉寂和没用。被时间掀过的日历好似废纸。可是当我把这一叠用过的日子扯下来，往往不忍丢掉，而把它们塞在书架的缝隙或夹在画册中间。就像从地上拾起的落叶。它们是我生命的落叶！

别忘了，我们的每一天都曾经生活在这一页一页的日历上。

记得一九七六年唐山大地震那天，我住的长沙路思治里十二号那个顶层上的亭子间被彻底摇散，震毁。我一家三口像老鼠那样找一个洞爬了出来。当我的双腿血淋淋地站在洞外，那感觉真像从死神的指缝里侥幸地逃脱出来。转过两天，我向朋友借了一架方形铁盒子般的海鸥牌相机，爬上我那座狼咬狗啃废墟般的破楼，钻进我的房间——实际上已经没有屋顶。我将自己命运所遭遇的惨状拍摄下来，我要记下这一切。我清楚地知道这是我个人独有的经历。这时，突然发现一堵残墙上居然还挂着日历——那蒙满灰土的日历的日子正是地震那一天：一九七六年七月二十八日，星期三，丙辰年七月初二。我伸手把它小心地扯下来。如今，它和我当时拍下的照片，已经成了我个人生命史刻骨铭心的珍藏了。

由此，我懂得了日历的意义。它原是我们生命忠实的记录。从“隐形写作”的含义上说，日历是一本日记。它无形地记载我每一天遭遇的、面临的、经受的，以及我本人应对与所作所为，还有改变我的和被我改变的。

然而人生的大部分日子是重复的——重复的工作与人际，重复的事物与相同的事物都很难被记忆，所以我们的日历大多页码都是黯淡无光的。过后想起来，好似空洞无物。于是，我们就碰到一个非常重要的关于人本的话题——记忆。人因为记忆而厚重、智慧和变得理智。更重要的是，记忆使人变得独特。因为记忆排斥平庸。记忆的事物都是纯粹而深刻个人化的。所有个人都是一个独特的“个案”。记忆很像艺术家，潜在心中，专事刻画我们自己的独特性。你是否把自己这个“独特”看得很重要？广义地说，精神事物的真正价值正是它的独特性。无论是一个人，还是一种文化。记忆依靠载体。一个城市的记忆留在它历史的街区与建筑上，一个人的记忆在他的照片上、物品里、老歌老曲中，也在日历上。

然而，人不能只是被动地被记忆，我们还要用行为去创造记忆。我们要用情感、忠诚、爱心、责任感，以及创造性的劳动去书写每一天的日历，把这一天深深嵌入记忆里。我们不是有能力使自己的人生丰富、充实以及具有深度和分量吗？

所以我写过：

“生活就是创造每一天。”

我还在一次艺术家的聚会中说：

“我们今天为之努力的，都是为了明天的回忆。”

为此，每每到了一年最后的几天，我都是不肯再去扯日历。我总把这最后几页保存下来。这可能出于生命的本能。我不愿意把日子花得净光。你一定会笑我，并问我这样就能保存住日子吗？我便把自己在今年日历的最后一页上写的四句诗拿给你看：

岁月何其速，

哎呀又一年；

花叶全无迹，

存世惟诗篇。

正像保存葡萄最好的方式是把葡萄变为酒，保存岁月最好的方式是致力把岁月变为永存的诗篇或画卷。

现在我来回答文章开始时那个问题：为什么我喜欢日历？因为日历具有生命感。或者说日历叫我随时感知自己的生命并叫我思考如何珍惜它。

我心中的文学

真正的文学和真正的恋爱一样，是在痛苦中追求幸福。

（一）

有人说我是文学的幸运儿，有人说我是福将，有人说我时运极佳，说话的朋友们，自然还另有深意的潜台词。

我却相信，谁曾是生活的不幸者，谁就有条件成为文学的幸运儿；谁让生活的祸水一遍遍地洗过，谁就有可能成为看上去亮光光的福将。当生活把你肆意掠夺一番之后，才会把文学馈赠给你。文学是生活的苦果，哪怕这果子带着甜滋滋的味儿。

我是在十年大动乱中成长起来的。生活是严肃的，它没戏弄我。因为没有坎坷的生活的路，没有磨难，没有牺牲，也就没有真正有力、有发现、有价值的文学。相反，我时常怨怪生活对我过于厚爱和宽恕，如果它把我推向更深的底层，我可能会找到更深刻的生活真谛。在享乐与受苦中间，真正有志于文学的人，必定是心甘情愿地选定后者。

因此，我又承认自己是幸运的。

这场大动乱和大变革，使社会由平面变成立体，由单一变成纷纭，在龟裂的表层中透出底色。底色往往是本色。江河湖海只有在波掀浪涌时才显出潜在的一切。凡经历这巨变又大彻大悟的人，必定能得到无比珍贵的精神财富。因为教训的价值并不低于成功的经验。我从这中间，学到了太平盛世一百年也未必能学到的东西。所以当我们拿起笔来，无须自作多情，装腔作势，为赋新诗强说愁。内心充实而饱满，要的只是简洁又准确的语言。我们似乎只消把耳闻目见如实说出，就比最富有想象力的古代作家虚构出来的还要动人心魄。而首先，我获得的是庄严的社会责任感，并发现我所能用以尽责的是纸和笔。我把这责任注入笔管和胶囊里，笔的分量就重了；如果我再把这笔管里的一切倾泻在纸上——那就是我希望的、我追求的、我心中的文学。

生活一刻不停地变化。文学追踪着它。

思想与生活，犹如托尔斯泰所说的从山坡上疾驰而下的马车，说不清是马拉着车，还是车推着马。作家需要伸出所有探索的触角和感受的触须，永远探入生活深处，与同时代的人一同苦苦思求通往理想中幸福的明天之路。如果不这样做，高尚的文学就不复存在了。

文学是一种使命，也是一种又苦又甜的终身劳役。无怪乎常有人骂我傻瓜。不错，是傻瓜！这世上多半的事情，就是各种各样的傻子和呆子来做的。

（二）

文学的追求，是作家对于人生的追求。

寥廓的人生有如茫茫的大漠，没有道路，更无向导，只在心里装着一个美好、遥远却看不见的目标。怎么走？不知道。在这漫长又艰辛的跋涉中，有时会由于不辨方位而困惑；有时会由于孤单而犹豫不前；有时自信心填满胸膛，气壮如牛；有时用拳头狠凿自己空空的脑袋。无论兴奋、自足、骄傲，还是灰心、自卑、后悔，一概都曾占据心头。情绪仿佛气候，时暖时寒；心境好像天空，时明时暗。这是信念与意志中薄弱的部分搏斗。人生的每一步都是在克服外界困难的同时，又在克服自我的障碍，才能向前跨出去。社会的前途大家共同奋斗，个人的道路还得自己一点点开拓。一边开拓，一边行走，至死也不知道自己走了多远。真正的人都是用自己的事业来追求人生价值的。作家还要直接去探索这价值的含义。

文学的追求，也是作家对于艺术的追求。

在艺术的荒原上，同样要经历找寻路途的辛苦。所有前人走过的道路，都是身后之路。只有在玩玩乐乐的旅游胜地，才有早已准备停当的轻车熟路。严肃的作家要给自己的生活发现，创造适用的表达方式。严格地说，每一种方式，只适合它特定的表达内容；另一种内容，还需要再去探索另一种新的方式。

文学不允许雷同，无论与别人，还是与自己。作家连一句用过的精彩的格言都不能再在笔下重现，否则就有抄袭自己之嫌。

然而，超过别人不易，超过自己更难。一个作家凭仗个人独特的生活经历、感受、发现以及美学见解，可以超过别人，这超过实际上也是一种区别。但他一旦亮出自己的面貌，若要再来区别自己，换上一副嘴脸，就难上加难。因此，大多数作家的成名作，便是他创作的峰巅，如果要超越这峰巅，就像使自己站在自己肩膀上一样。有人设法变幻艺术形式，有人忙于充填生活内容。但是单靠艺术翻新，最后只能使作品变成轻飘飘又炫目的躯壳；急于从生活中捧取产儿，又非今夕明朝就能获得。艺术是个斜坡，中间站不住，不是爬上去就是滑下来。每个作家都要经历创作的苦闷期。有的从苦闷中走出来，有的在苦闷中垮下去。任何事物都有局限，局限之外是极限，人力只能达到极限。反正迟早有一天，我必定会黔驴技穷，蚕老烛尽，只好自己模仿自己，读者就会对我大叫一声："老冯，你到此为止啦！"就像俄罗斯那句谚语：老狗玩不了新花样！文坛的更迭就像大自然的淘汰一样无情，于是我整个身躯便划出一条不大美妙的抛物线，给文坛抛出来。这并没关系，只要我曾在那里边留下一点点什么，就知足了。

活着，却没白白地活着，这便是人生最大的幸福和安慰。同时，如果我以一生的努力都未给文学添上什么新东西，那将是我毕生最大的憾事！

我会说我：一个笨蛋！

(三)

一个作家应当具备哪些素质?

想象力、发现力、感受力、洞察力、捕捉力、判断力，活跃的形象思维和严谨的逻辑思维；尽可能庞杂的生活知识和尽可能全面的艺术素养；要巧、要拙、要灵、要韧，要对大千世界充满好奇心，要对千形万态事物所独具的细节异常敏感，要对形形色色人的音容笑貌、举止动念，抓得又牢又准；还要对这一切，最磅礴和最细微的，有形和无形的、运动和静止的、清晰繁杂和朦胧一团的，都能准确地表达出来。笔头有如湘绣艺人的针尖，布局有如拿破仑摆阵，手中仿佛真有魔法，把所有无生命的东西勾勒得活灵活现。还要感觉灵敏、情感饱满、境界丰富。作家内心是个小舞台，社会舞台的小模型，生活的一切经过艺术的浓缩，都在这里重演，而且它还要不断变幻人物、场景、气氛和情趣。作家的能力最高表现为，在这之上，创造出崭新的、富有典型意义和审美价值的人物。

我具备其中多少素质？缺多少不知道，知道也没用。先天匮乏，后天无补。然而在文学艺术中，短处可以变化为长处，缺陷是造成某种风格的必备条件。左手书家的字、患眼疾画家的画、哑嗓子的歌手所唱的沙哑而迷人的歌，就像残月如弓的美色不能为满月所替代。不少缺乏鸿篇巨制结构能力的作家，成了机巧精致的短篇大师。没有一个条件齐全的作家，却有各具优长的艺术。作家还要有种能耐，即认识自己，扬长避短，发挥优势，使自己的气质成为艺术的特色，在成就了艺术的同时，也成就了自己。

认识自己并不比认识世界容易。作家可以把世人看得一清二楚，对自己往往糊糊涂涂，并不清醒。我写了各种各样的作品，至今不知哪一种属于我自己的。有的偏于哲理，有的侧重抒情，有的伤感，有的戏谑，我竟觉得都是自己——伤感才是我的气质？快乐才是我的化身？我是深思还是即兴的？我怎么忽而古代忽而现代？忽而异国情调忽而乡土风味？我好比瞎子摸象，这一下摸到坚实粗壮的腿，另一下摸到又大又软的耳朵，再一下摸到无比锋利的牙。哪个都像我，哪个又都不是。有人问我风格，我笑着说，这不是我关心的事。我全力要做的，是把自己的一切奉献给读者。风格不仅仅是作品的外貌，它是复杂又和谐的一个整体。它像一个人，清清楚楚、实实在在地存在，又难以明明白白说出来。作家在作品中除去描写的许许多多生命，还有一个生命，就是作家自己。风格是作家的气质，是活脱脱的生命的气息，是可以感觉到的一个独个的灵魂及其特有的美。

于是，作家就把他的生命化为一本本书。到了他生命完结那天，他所写的这些跳动着心、流动着情感、燃烧着爱情和散发着他独特气质的书，仍像作家本人一样留在世上。如果作家留下的不是自己，不是他真切感受到的生活，不是创造而是仿造，那自然要为后世甚至现世所废弃了。

作家要肯把自己交给读者。写的就是想的，不怕自己的将来可能反对自己的现在。拿起笔来的心情有如虔诚的圣徒，圣洁又坦率。思想的法则是纯正，内容的法则是真实，艺术的法则是美。不以文章完善自己，宁愿否定和推翻自己而完善艺术。作家批判世界需要勇气，批判自己需要更大的勇气。读者希望在作品中看到真实却不一定完美的人物，也愿意看到真切却可能是自相矛盾的作家。在舍弃自己的一切之后，文学便油然诞生，就像太阳燃烧自己时才放出光明。

如果作家把自己化为作品，作品上的署名，便像身上的肚脐儿那样，可有可无，完全没用，只不过在习惯中，没有这姓名不算一个齐全的整体罢了——这是句笑话。我是说，作家不需要在文学之外再享有什么了。这便是我心中的文学！

最好读的历史书

无论到美国任何地方，那里的主人都会问你："要不要到博物馆看看？"初听以为美国历史短，便拿博物馆当宝贝。可是看了一些博物馆，就会自责。单纯凭思想公式判定一件未知的事物，常常出错。凡事最好亲眼看看。

我在纽约著名的"大都会博物馆"转了一上午，居然连一个埃及馆也没走出去，好大！原先对埃及脑袋里只有金字塔和狮身人面像。这里看到的是从远古直至九世纪阿拉伯化之前古埃及文化的珍品。古埃及人的想象力和创造力令我震惊、发呆。我想起美籍华裔诗人许达然一句精彩的话："科学是发现，艺术是创造。"从这里我才知道，古埃及文化所达到辉煌灿烂的高度，并不低于中国古代文化的成就。当天下午因为要去"现代艺术博物馆"看画，余下一小时，一溜小跑把英国馆、西班牙馆、中国馆跑过，还有十多个馆没看。大都会的庞大和富有真是难以想象！各国古物应有尽有。中国馆内有座苏州园林，庭院、花竹、溪桥、花砖墙一如虎丘景致；英国馆中间展室布置成维多利亚时代古色古香贵族豪华的居室和餐室，据说都是从英国买来的整间房子，包括极具文物价值的家具、灯具、壁画、雕像乃至石柱和房檩。一个美国年轻人在大都会内转一个星期，从这些真实稀罕的古代实物中，可以饶有趣味了解到整个世界各个国家的全部历史和文化。我对陪同我去大都会的美国朋友说："这是一本好读的历史书。"

博物馆最多要算芝加哥和华盛顿，历史、文化、科技、风习、艺术、自然，包罗万象，又分门别类，可以说是个"博物馆群"。芝加哥博物馆中最使我感兴趣的是"历史文化博物馆"。比如介绍美国邮政史部分，连最早的邮箱、邮袋及邮递员的制服帽子车子都收集来。展览是从大文化观念出发，宗教、教育、风俗、服装、建筑、饮食等无所不包。不同时期的物品一概俱全。我很惊奇，这些在生活中早已淘汰掉的东西从哪里收罗来的？博物馆的征集人员可谓神通广大。徜徉其间，如同走进二百年活生生的美国生活里。

华盛顿的"航天博物馆"天天挤满参观者。从人类最早的飞行物到第一只载人宇宙飞船，都陈列其中。包括两次世界大战所用的军用飞机都悬吊在大厅顶子上。头一个宇宙飞船和一辆小汽车差不多大小，人只能坐，不能站，更觉最早的太空探险者的艰辛、勇敢和伟大。这些博物馆方式很活，有活人表演，有的旧机器可以操作给人看。花一美元就能租一个廉价录音机，戴上耳机，边看展览边听解说。想多看看就关上，要听就打开，很方便。大多展览都配合电影介绍。波士顿郊外的布莱斯顿“独立战争博物馆”，把当时的文献照片和画片拍成影片，配上音响，比起呆傻的图片加文字说明有感染力多了，使人如身临其境。那些古物陈列室光线幽暗，甚至全黑，却有一束束光静静投照，愈显神秘与珍贵。有气氛，人便能进入遥远的历史中去感受。没有感受就会拉开距离。

纽约的华美协进会请我去看一个别致的关于中国的展览，名字叫“中国石头展览”。展品有各样中国名贵的怪石，大都为古物，还有石雕、石印和石砚，以及善画奇石的陈洪绶、金冬心等人的作品。从“石头”这一角度打开神秘的中国古老文化之窗，构思确实别致，有趣味性。美国是个移民国家。当今美国文化就是本土的印第安文化和欧洲文化、墨西哥文化、非洲黑人文化的大汇合。美国人的观点是拼凑一起才是最好的。对外来文化很少有排斥态度。

我有个奇特的发现：各国博物馆都收藏中国文物，唯独中国博物馆不收藏外国文物。中国人在博物馆里看来看去全是自己。造成这现象是一种传统的文化封闭观念：不看别人的，便认定自己最好。

绘画是文学的梦

我曾经使用这个题目做过一次演讲，是在美国旧金山我的画展期间。我相信那一次大多数人没有弄懂我这个题目里边非常特殊的内涵。因为多数听众只是单纯对我的绘画有兴趣，抑或是我的文学读者。只有极少的人是专业人士。

我这个话题的题目听起来美，但内容却很专业，范围又很偏狭。它置身在绘画与文学两个专业之间，既非绘画的中心，又非文学的腹地。我身在两个巨大高原中间一个深邃的峡谷里。站在高原上的人无法理解我独有的感受。但我偏偏时常在这个空间里自由自在地游弋；我很孤独，也满足。现在，我就来挖掘这个空间中深藏的意义。

我之所以说“绘画是文学的梦”，却不说“文学是绘画的梦”，正表示我是站在文学的立场上来谈绘画的。一句话，我是表达一个写作人（古代称文人）的绘画观。

（一）

文人在写作时，使用单一的黑墨水，没有色彩。色彩都包含在字里行间，而且，他们是通过抽象的文字符号来表达心中的想象与形象。这时，文字的使命是千方百计唤起读者形象的联想，唤起读者的画面感，设法叫读者“看见”作家所描述的一切，也就是契诃夫所说的“文学就是要立即生出形象”。但是这是件很难的事。怎么才能唤起读者心中的画面？这是一个大题目，我会另写一篇大文章，来描述不同作家文字的可视性。而此时此刻，另一种艺术一定令写作人十分地向往和崇尚——这就是绘画。

所以我说，人为了看见自己的内心才画画。

我相信古代文人大都为此才拿起画笔的。

但是，一旦拿起笔来，西方与东方却大不相同。

对于西方人来说，绘画与写作的工具从来不是一种。他们用钢笔和墨水写作，用油画颜料与棕毛笔作画。如果西方的写作人想画画，他起码先要学会把握工具性能的技术和方法。尽管普希金、歌德、萨克雷、雨果等都画得一手好画，但毕竟是凤毛麟角。在西方人眼中，他们属于跨专业的全才。

可是在古代东方，绘画与写作使用的同样是纸笔墨砚。对于一个东方的写作人，只要桌有块纸，砚中余墨，便可乘兴涂抹一番。自从宋代的苏轼、米芾、文同等几位大文人挥手作画之后，文人们的亦诗亦画成了一种文化时尚。乃至元代，文人们在画坛集体登场，幡然一改唐宋数百年来院体派和纯画家的面貌，展现出前所未有的文人画风光奇妙的全新景观。

我对明人董其昌、莫是龙、孙继儒等关于文人画和“南北宗”的理论没有兴趣，我最关心的是究竟文人画给绘画带来什么。如果从表面看，可能是令人耳目一新的笔墨情趣、技术效果，还有在院体派画家笔下绝对看不到的将文字大片大片写到画面上的形式感。但文人画的意义绝不止于这些！进而再看，可能是文学手段的使用，比如象征、比喻、夸张、拟人。应该说，正是由于从文学那里借用了这些手段，才确立了中国画高超的追求“神似”的造型原则。但文人画的意义也不止于此！

文人画的意义主要是两个方面：

一是意境的追求。意境这两个字非常值得琢磨。依我看，境就是绘画所创造的可视的空间，意就是深刻的意味，也就是文学性。意境——就是把深邃的文学的意味，放到可视的空间中去。意境二字，正是对绘画与文学相融合的高度概括。应该说，正是由于学养渊深的文人进入绘画，才为绘画带进去千般意味和万种情怀。

二是心灵的再现。由于写作人介入绘画，自然会对笔墨有了与文字一样的要求，就是自我的表现。所谓“喜气与兰，怒气与竹”“逸笔草草，不求形似，聊发胸中之逸气耳”，都表明了写作人要用绘画直接表达他们主观的情感、心绪与性灵。于是个性化和心灵化便成了文人画的本质。

绘画的功能就穿过了视觉享受的层面，而进入丰富与敏感的心灵世界。

如果我们将马远、夏圭、范宽、许道宁、郭熙、刘松年这些院体派画家放在一起，再把徐渭、梅清、倪瓒、金农、朱耷、石涛这些文人画家放在一起，相互对照和比较，就会对文人画的精神本质一目了然。前者相互的区别是风格，后者相互的区别是个性；前者是文本，后者是人本。

在中国绘画史上，文人画兴起不久，便很快就成为主流。这是西方所没有的。正为此，中国画最终形成了自己独有的艺术体系与文化体系。过去我们常用南北朝谢赫的“六法论”来表述中国画的特征，这其实是很荒谬的。在南北朝时代，中国画尚处在雏形阶段；中国画的真正成熟，是在文人画成为主流之后。

因为，文人画使中国画文人化。

文人化是中国画的本质。

在绘画之中，文人化致使文学与绘画的结合；在绘画之外，则是写作人与画家身份的合二而一。

西方的写作人作画，被看作一种跨专业的全才；中国文人的“琴棋书画，触类旁通”，则是理所当然的。因而中国人常把那种技术高而文化浅的画家贬为画匠。

这是中国画一个很重要的传统。

然而，这个传统在近百年却悄悄地瓦解了。其中最重要的原因，是书写工具的西方化。我们用钢笔代替了毛笔。这样一来，写作人就离开了原先的纸笔墨砚，绘画的世界与写作人渐渐脱离，日子一久竟有了天壤之别。当然，从深远的背景上说，西方的解析性思维一点点在代替着东方人包容性的思维。西方人明晰的社会分工方式，逐渐更换了东方人的兼容并蓄与触类旁通。于是，近百年的画坛景观是文人的撤离。不管这样是耶非耶，但这是一种被人忽略的画坛史实。这个史实使得近百年中国画的非文人化。

正因为非文人化的出现，才有近十年来颇为红火的“新文人画”运动。但新文人画并非写作人重新返回画坛，而是纯画家们对古代文人画的一种形式上的向往。

（二）

我本人属于一个另类。

我在写作之前画了十五年的画。我的工作是摹制古画，主要是摹制宋代院体派的作品。恰恰不是文人画。

平山郁夫曾一语道出我有过“宋画的磨炼”，这说明他很有眼光。我的画里没有黄公望与石涛的基因，只有郭熙与马远的影子。正像我的小说没有昆德拉和塞林格，只有巴尔扎克、屠格涅夫、蒲松龄、冯梦龙、鲁迅，还间接有一点马尔克斯。

我自七十年代末与绘画分手，走上文坛，成为第一批“伤痕文学”作家。在八十年代，我几乎把绘画忘掉。那时，我曾经在《文艺报》上发表过一篇文章叫作《命运的驱使》，写我如何受时代责任所迫而从画坛跨入文坛。但当时，人们都关心我的小说，没人关心我的画。我的脑袋里也拥满了那一代人千奇百怪的命运与形象。就这样，我无名指上那个常年被画笔的笔杆磨出的硬茧也不知不觉地消退了。

到了九十年代初期，我重新思考自己下一步的创作道路，陷入苦闷。在又困惑又焦灼的那一段时间里，无意中拿起画笔，只想回到久别的笔墨天地里走一走。忽然我惊呆了。我不是发现了久违的过去，而是发现了从未见过的世界。因为，我发现心灵竟然可以如此逼真并可视地呈现在自己的面前。

但是，现在来认识自己，我并没有什么重大突破和发现，我只不过又回到文人画的传统里罢了。

（三）

我与古代一般的文人不同的是，我写过大量的小说。每篇小说都有许多人物。小说家总是要进入他笔下每一个人物的心中。就像演员进入角色，体验不同情境中特定的情感与心境。我相信任何小说家的内心都是巨大的情感仓库。他们对情感的千差万别都有精确入微的感受。比如感伤，还有伤感、忧虑、忧郁、忧愁、愁闷、惆怅等，它们的内涵、分量、给人的感觉，都是全然不同的。它们不是全可以化为画面吗？一旦转为画面，相互便会大相径庭。

我现在作画，已经与我二十年前作为一个纯画家作画完全不同了。以前我是站在纯画家的立场上作画，现在我是从写作人的立场出发来作画。

尽管现在，我作画中也有愉悦感，但我不是为自娱而画。绘画对于我，起码是一种情感方式或生命方式。我的感受告诉我，世界上有一些东西是只能写不能画的，还有一些东西是只能画不能写的。比如，我对“三寸金莲”的文化批判，无法以画为之；比如我在《思绪的层次》中对大脑的思辨中那种纵横交错、混沌又清明的无限美妙的状态，只有用画面才能呈现。

尽管我对画面上水墨的感觉，对肌理效果，对色彩关系的要求，也很严格甚至苛刻，但这一切都像我的文字，必须服从我的心灵，而不是为了水墨或肌理的本身。

我之所以这么注重心灵，还是写作人的观念。因为文学最高的职责是挖掘心灵。

（四）

关于绘画的文学性，我明确地不把诗作为追求目的。

绘画是静止的瞬间，是瞬间的静止与概括。诗用一滴海水来表现整个大海，诗是在“点”上深化与升华。所以诗与画最容易结合。在古人中，最早这样做的是王维。故此苏轼说“味摩诘之诗，诗中有画；观摩诘之画，画中有诗”。诗是中国绘画与文学的结合点与交融点。

但我不是诗人，我写散文。我的散文非常强烈地追求画面感，那么我也希望我的画散文化。尤其是对于现代人，更接近于散文而不是诗。

散文与诗的不同是，散文是一段一段，是线性的。但线性的描述可以一点点地深化情感和深化意境。同时使绘画的意境具有可叙述性。诗的意境是静止的。散文的意境是一个线性的过程。但这不是我创造的，最初给我启发的是林风眠先生，林风眠先生的画就是散文化的，还有东山魁夷的画。

说到这里，我应该承认，我的画不是纯画家的画，我在当今应是一个“另类”。应该说，在写作人基本撤离出画坛的时代，我反方向地返回去，皈依文人画的传统。我愿意接受平山郁夫对我的评价，我是一种“现代文人画”。

（五）

现在我从梦里醒来，回到很现实的一个问题里。

今年有一次在北京参加会议，忽然接到一个电话，声称是我的铁杆读者，心里憋口气，想骂骂我，为此他喝了两大杯酒。酒劲上头，乘兴把电话打来。我便笑道：“你想说什么，尽管说吧。批评也好，骂也无妨，都没关系。”

他被酒扰昏了头，有的话来来回回说了好几遍。我却听明白，他说我亦文亦画，又投入城市文化保护，又搞民间文化遗产抢救工程。他说：“你简直是浪费自己。除去写小说，那些事都不是你干的！不写小说还称得上什么作家！你对读者不负责！”他挺粗的呼吸通过电话线阵阵撞在我的耳膜上。我只支应着，笑着，一再表示接受他的意见。我没做任何表白，因为此时不是交流的时候。

我常常遇到这样的读者，他们对我不满。怎么办？

不久前，我为既是作家又是画家的雨果写了一篇文章，叫作《神奇的左手》。里边有几句话，正是我想对我的读者说的：

“你看到过雨果、歌德、萨克雷等人的绘画吗？只有认真地读他们的书又读他们的画，你才能更整体和深刻地了解他们的心灵。我所说的了解，不是指他们的才能，而是他们的心灵。”

我已经七十五岁了，我还有理想

“答谢”这两个字是我们中国人经常挂在嘴边的，我不知道该怎么用谢谢来表达我这一刻心里沉甸甸的、对每一位的真情厚意。很美好的感觉。一些著名的艺术家、我很尊敬的艺术家，都是有思想的人。我们坐在一起，大家向我送雕塑、送画，对我说了那么多好话，有点像个庆功会了，我怎么表达？很难表达出心里的东西，心里的东西还是放在心里最好。德国艺术家这么好的画，美林这么好的雕塑，铁凝这么知己的话。几十年的朋友了，她的讲话，是用心来体会我所做的事情、我的想法，我很感动。朋友之间就是知己，朋友的价值就是他理解你，真正理解你的想法和你所做的事情。

我是一个跨时代的人，我身上时代的东西太多。王蒙说，他身上充满了政治的历史和历史的政治。我跟他有一点儿不同，我太多地对时代干预，当然，我也太多地受到了时代对我的人生和命运的干预。我是一个历史和时代的亲历者、参与者和记录者。在这个时代和社会发生巨大转型的时候，我投入了文学。当文化发生转型的时候，我投身到文化。

我对这块土地上的人感情太深了，所以我的文学更关注普通小人物的命运。我记得八十年代末九十年代初的时候，俄罗斯作家、《这里的黎明静悄悄》作者鲍里斯·瓦西里耶夫，托《光明日报》记者给我带来一个信儿，说他对我关切小人物的命运表示敬意。是，我是关切小人物，恐怕也是因为对这块土地的人民的文化太关切了。由于民间文化是人民的文化，所以当大地上的文化遭遇冲击、风雨飘摇的时候，大量的传承人几乎艺绝人亡的时候，我们一定要伸以援手。这都是情不自禁的。

我今年七十五岁了，人的年龄就像大自然的四季一样，往往不知不觉就进入了下一个季节。你还觉得自己是中年人，可年龄上你已经是老年人了。这个时候我们必须要做的事情，就是总结自己，我们要活得明白。尤其是知识分子。知识分子是天生背负着使命到这世界上来的。他就得追求纯粹，他就得洁身自好，他就是理想主义者，他当然也是唯美主义者。我觉得这就是知识分子。到了这个年龄一定要总结自己。

我刚才说，今天的会有点庆功的气氛。冯骥才是不是要给自己树碑立传了？是不是他要享受一点马斯洛说的那种成就感？我想，冯骥才还不至于这么无聊。我更希望的是对自己做一个总结。

我的文学，我所写的这几百万字究竟怎样？五年前，我在北京办了一个展览，叫作“四驾马车”，它是我从事的四个方面的工作：文学、绘画、文化遗产保护和教育。我说，不是四匹马拉着我，是我拉着四驾马车。这四驾马车，哪一驾马车我到今天都没有放手，因为它们都走进了我的生命，我放不开。我知道我的事业只有生命能给它画上句号，我没有权力画句号。

可是，我现在有一个问题。今年我到西安去，想沿着丝路，从西安走到麦积山，再走到河西走廊。我想看希腊化的犍陀罗佛教造像，经过塔克拉玛干沙漠的南道北道，穿过河西走廊，再进入中原的一个渐变的中国化的过程。我必须要去一趟麦积山，但是我走到彬县的唐代大佛寺，去年被评上世界文化遗产的地方，我发现一个问题，高的台阶我上不去了。我的同行者说，冯骥才，照这么看，麦积山你绝对上不去。

是的，近两年我跑田野的时间少了，不知不觉在书斋的时间长了，于是我的文学冒出来了。所以我这两年写了四部非虚构的作品，包括我写韩美林的一部口述史。我还写了一部文化随笔《意大利读画记》、一部小说《俗世奇人·贰》，总共六部文学作品。媒体说了，冯骥才转型了，掉头回到了文学。是不是我真要回到文学了？我不知道。文学和文化遗产对于今天的我孰轻孰重，我希望大家帮着我思考。

文化遗产抢救不是冯骥才一个人做的，是我们一代人做的。我们在九十年代抢救天津地方的城市文化；进入新世纪初，我们这一批学者发誓要对中国九百六十万平方公里五十六个民族的一切民间文化进行地毯式的、盘清家底的普查。这第一批学者当时很年轻，现在都有点老了，潘鲁生、乔晓光、樊宇、曹保明、刘铁梁，这批专家都有点老了。乌丙安老师今年九十岁了，他来了我很感动，我们十几年前一起爬到了晋中后沟村的山顶上。二〇一五年我邀请了这些专家，重新在后沟村聚一聚，我们聚一聚干什么，只是重温昨天吗？不是，我们要找回当年的状态。

我希望找到八十年代对文学的激情，我希望找到世纪初我们对文化的那种心中的圣火，找出知识分子的那种纯粹感，找出我们内心的纯洁。当时我写了一篇文章，里面有一句话，我说："人最有力量的是背上的脊梁，知识分子是脊梁中间那块骨头。"

我们做的事情是前无古人的。我们的精英文化有《四库全书》做过整理。但是，我们七千年以上农耕文明历史的大地上创造的多彩灿烂的文化从来没做过整理。这些文化大多数我们不知道。在普查时我说过一句话："对大地上的民间文化，我们不知道的远远比我们知道的多得多，无论你是多大的一个学者，都是一样。"可是我们在做这样的文化调查的时候，没有任何依据。前人没有给我们留下经验，在世界上也找不到可以借鉴的方法，没有一个国家做过这样的事情。只有法国人，马尔罗做文化部长的时候，他做过法国的文化普查，但不是民间文化普查，他基本是文物普查。所以我们做的事情是没有依据的，全要靠我们创造的，概念要创造、方法要创造、标准要创造、理论要创造、思想要创造。尤其是思想。

支持我们的是思想。

我特别觉得这三个词儿好：先觉、先倡、先行。这三个概念里边都有先。你凭什么先觉？你凭思想先觉。大学又是一个能够静下来思考的地方，所以我把一部分精力还要放在上面，还要思考。和大家一起思考。思考未来，思辨现在，反思过去。反思我们的工作，也反思自己。

我已经七十五岁了，我还有理想。

在对我进行总结时，我求助于你们，你们是我的镜子，你们将影响我今后的选择。

因此又回到刚开始那句关于“谢谢”的话题，我想大家都知道我这句话在我心里的分量了。所以我真心地、由衷地向大家致谢。

我们总说生活不会亏待人。那是说当生活把无边的严寒铺盖在你身上时，一定还会给你一根火柴。就看你识不识货，是否能够把它擦着，烘暖和照亮自己的心。

第四章 灵魂的巢

家庭是世界上唯一可以不设防的地方

母亲百岁记

留在昔时中国人记忆里的，总有一个挂在脖子上小小而好看的长命锁。那是长辈请人用纯银打制的，锁下边坠着一些精巧的小铃，锁上边刻着四个字：长命百岁。这四个字是世世代代以来对一个新生儿最美好的祝福、一种极致的吉祥话语、一种遥不可及的人间向往，然而从来没想到它能在我亲人的身上实现。天竟赐我这样的洪福！

天下有多少人能活到三位数？谁能叫自己的生命装进去整整一个世纪的岁久年长？

我骄傲地说——我的母亲！

过去，我不曾有过母亲百岁的奢望。但是在母亲过九十岁生日的时候，我萌生出这种浪漫的痴望。太美好的想法总是伴随着隐隐的担虑。我和家人们嘴里全不说，却都分外用心照料她，心照不宣地为她的百岁目标使劲了。我的兄弟姐妹多，大家各尽其心，又都彼此合力，第三代的孙男娣女也加入进来。特别是母亲患病时，那是我们必须一起迎接的挑战。每逢此时我们就像一支训练有素的球队，凭着默契的配合和倾力倾情，赢下一场场“赛事”。母亲经多磨难，父亲离去后，更加多愁善感，多年来为母亲消解心结已是我们每个人都擅长的事。我无法知道这些年为了母亲的快乐与健康，我们手足之间反反复复通了多少电话。

然而近年来，每当母亲生日我们笑呵呵聚在一起时，也都是满头花发。小弟已七十，大姐都八十了。可是在母亲面前，我们永远是孩子。人只有到了岁数大了，才会知道做孩子的感觉多珍贵多温馨。谁能像我这样，七十五岁了还是儿子；还有身在一棵大树下的感觉，有故乡故土和家的感觉；还能闻到只有母亲身上才有的深挚的气息。

人生很奇特。你小时候，母亲照料你保护你，每当有外人敲门，母亲便会起身去开门，绝不会叫你去。可是等到你成长起来，母亲老了，再有外人敲门时，去开门的一定是你。该轮到你来呵护母亲了，人间的角色自然而然地发生转变，这就是美好的人伦与人伦的美好。母亲从九十一、九十二、九十三……一步步向前走。一种奇异的感觉出现了，我似乎觉得母亲愈来愈像我的女儿，我要把她放在手心里，我要保护她，叫她实现自古以来人间最瑰丽的梦想——长命百岁！

母亲住在弟弟的家。我每周二、五下班之后一定要去看她，雷打不动。母亲知我忙，怕我担心她的身体，这一天她都会提前洗脸擦油，拢拢头发，提起精神来，给我看。母亲兴趣多多，喜欢我带来的天南地北的消息，我笑她“心怀天下”。她还是个微信老手，天天将亲友们发给她的美丽的图片和有趣的视频转发他人。有时我在外地开会时，会忽然收到她微信："儿子，你累吗？"可是，我在与她聊天时，还是要多方"刺探"她身体存在哪些小问题和小不适，我要尽快为她消除。我明白，保障她的身体健康是我首要的事。就这样，那个浪漫又遥远的百岁的目标渐渐进入眼帘了。

到了去年，母亲九十九周岁。她身体很好，身体也有力量，想象力依然活跃，我开始设想来年如何为她庆寿时，她忽然说："我明年不过生日了，后年我过一百零一岁。"我先是不解，后来才明白，"百岁"这个日子确实太辉煌，她把它看成一道高高的门槛了，就像跳高运动员面对的横杆。我知道，这是她本能地对生命的一种畏惧，又是一种渴望。于是我与兄弟姐妹们说好，不再对她说百岁生日，不给她压力，等到了百岁那天来到自然就要庆贺了。可是我自己的心里也生出了一种担心——怕她在生日前生病。

然而，担心变成了现实，就在她生日前的两个月突然丹毒袭体，来势极猛，发冷发烧，小腿红肿得发亮，这便赶紧送进医院，打针输液，病情刚刚好转，旋又复发，再次入院，直到生日前三日才出院，虽然病魔赶走，然而一连五十天输液吃药，伤了胃口，变得体弱神衰，无法庆贺寿辰。于是兄弟姐妹大家商定，百岁这天，轮流去向她祝贺生日，说说话，稍坐即离，不叫她劳累。午餐时，只由我和爱人、弟弟，陪她吃寿面。我们相约依照传统，待到母亲身体康复后，一家老小再为她好好补寿。

尽管在这百年难逢的日子里，这样做尴尬又难堪，不能尽大喜之兴，不能让这人间盛事如花般盛开，但是今天——

母亲已经站在这里——站在生命长途上一个用金子搭成的驿站上了。一百年漫长又崎岖的路已然记载在她生命的行程里。她真了不起，一步跨进了自己的新世纪。此时此刻我却仍然觉得像是在一种神奇和发光的梦里。

故而，我们没有华庭盛筵，没有四世同堂，只有一张小桌，几个适合母亲口味的家常小菜，一碗用木耳、面筋、鸡蛋和少许嫩肉烧成的拌卤，一点点红酒，无限温馨地为母亲举杯祝贺。母亲今天没有梳妆，不能拍照留念，我只能把眼前如此珍贵的画面记在心里。母亲还是有些衰弱，只吃了七八根面条、一点绿色的菠菜，饮小半口酒。但能与母亲长久相伴下去就是儿辈莫大的幸福了。我相信世间很多人内心深处都有这句话。

此刻，我愿意把此情此景告诉给我所有的朋友与熟人，这才是一件可以和朋友们共享的人间的幸福。

灵魂的巢

对于一些作家，故乡只属于自己的童年。它是自己生命的巢，生命在那里诞生，一旦长大后羽毛丰满，它就远走高飞。但我却不然，我从来没有离开过自己的家乡。我太熟悉一次次从天南海北，甚至远涉重洋旅行归来而返回故土的那种感觉了。只要在高速路上看到“天津”的路牌，或者听到航空小姐说出它的名字，心中便充溢着一种踏实、一种温情、一种彻底的放松。

我喜欢在夜间回家，远远看到家中亮着灯的窗子，一点点愈来愈近。一次一位生活杂志的记者要我为“家庭”下一个定义。我马上想到这个亮灯的窗子，柔和的光从纱帘中透出，静谧而安详。我不禁说：“家庭是世界上唯一可以不设防的地方。”

我的故乡给了我的一切。

父母、家庭、孩子、知己和人间不能忘怀的种种情谊。我的一切都是从这里开始。无论是咿咿呀呀地学话还是一部部十数万字或数十万字的作品的写作，无论是梦幻般的初恋还是步入茫茫如大海的社会。当然，它也给我人生的另一面，那便是挫折、穷困、冷遇与折磨，以及意外的灾难，比如抄家和大地震，都像利斧一样，至今在我心底留下了永难平复的伤痕。我在这个城市里搬过至少十次家。有时真的像老鼠那样被人一边喊打一边轰赶。我还有过一次非常短暂的神经错乱，但若有神助一般地被不可思议地纠正回来。在很多年的生活中，我都把多一角钱肉馅的晚饭当作美餐，把那些帮我说几句好话的人认作贵人。然而，就是在这样的困境中，我触到了人生的真谛。从中掂出种种情义的分量，也看透了某些脸后边的另一张脸。我们总说生活不会亏待人。那是说当生活把无边的严寒铺盖在你身上时，一定还会给你一根火柴。就看你识不识货，是否能够把它擦着，烘暖和照亮自己的心。

写到这里，很担心我把命运和生活强加给自己的那些不幸，错怪是故乡给我的。我明白，在那个灾难没有死角的时代，即使我生活在任何城市，都同样会经受这一切。因为我相信阿·托尔斯泰那句话，在我们拿起笔之前，一定要在火里烧三次，血水里泡三次，碱水里煮三次。只有到了人间的底层才会懂得，唯生活解释的概念才是最可信的。

然而，不管生活是怎样的滋味，当它消逝之后，全部都悄无声息地留在这城市中了。因为我的许多温情的故事是裹在海河的风里的，我挨批挨斗就在五大道上。一处街角、一个桥头、一株弯曲的老树，都会唤醒我的记忆，使我陡然“看见”昨日的影像，它常常叫我骄傲地感觉到自己拥有那么丰富又深厚的人生。而我的人生全装在这个巨大的城市里。

更何况，这城市的数百万人，还有我们无数的先辈，也都把他们的人生故事书写在这座城市中了。一座城市怎么会有如此庞博的承载与记忆？别忘了——城市还有它自身非凡的经历与遭遇呢！

最使我痴迷的还是它的性格。这性格一半外化在它的形态上，一半潜在它地域的气质里。这后一半好像不容易看见，它深刻地存在于此地人的共性中。城市的个性是当地的人一代代无意中塑造出来的。可是，城市的性格一旦形成，就会反过来同化这个城市的每一个人。我身上有哪些东西来自这个城市的文化，孰好孰坏？优根劣根？我说不好。我却感到我和这个城市的人们浑然一体，我和他们气息相投，相互心领神会，有时甚至不需要语言交流。我相信，对于自己的家乡就像对你真爱的人，一定不只是爱它的优点。或者说，当你连它的缺点都觉得可爱时——它才是你真爱的人，才是你的故乡。

一次，在法国，我和妻子南下去到马赛。中国驻马赛的领事对我说，这儿有位姓屈的先生，是天津人，听说我来了，非要开车带我到处跑一跑。待与屈先生一见，情不自禁说出两三句天津话，顿时一股子唯津门才有的热烈与义气劲儿扑入心头。屈先生一踩油门，便从普罗旺斯一直跑到西班牙的巴塞罗那。一路上，说的尽是家乡的新闻与旧闻、奇人趣事，直说得浑身热辣辣，五体流畅，上千公里的漫长的路竟全然不觉。到底是什么东西使我们如此亲热与忘情？

家乡把它怀抱里的每个人都养育成自己的儿子。它哺育我的不仅是海河蔚蓝色的水和亮晶晶的小站稻米，更是它斑斓又独异的文化。它把我们改造为同一的文化血型，它精神的因子已经注入我的血液中。这也是我特别在乎它的历史遗存、城市形态乃至每一座具有纪念意义的建筑的缘故。我把它们看作是它精神与性格之所在，而绝不仅仅是使用价值。

我知道，人的命运一半在自己手里，一半还得听天由命。今后我是否还一直生活在这里尚不得知。但我无论到哪里，我都是天津人。不仅因为天津是我的出生地——它绝不只是我生命的巢，而是灵魂的巢。

灵感忽至

凌晨时分被一种莫名的不安扰醒，这不安可不是什么焦虑与担心，而是有种兴致在暗暗鼓动，缘何有此兴奋我并不知道。随后想到今天是元月元日。这一日像时间的领头羊，带着一大群时光充裕的日子找我来了。

妻子还在睡觉，房间光线不明。我披衣去到书房。平日随手堆满了书房的纸页和图书在迷离的晨色里充满了温暖和诗意。这里是我安顿灵魂的地方。我的巢不是用树枝搭起来而是用写满了字的纸和书码起来的。我从中抽出一页素纸，要为今天写些什么。待拿起笔，坐了良久，心中却一片茫然。一时人像浮在无际无涯的半空中，飘飘忽忽，空空荡荡。我便放下笔，知道此时我虽有情绪，却无灵感。

写作是靠灵感启动的。那么灵感是什么，它在哪里，它怎么到来？不知道。似乎它想来就来，不请自来，但有时求也不来，甚至很久也不露一面，好似远在天外，冷漠又悭吝。没有灵感的艺术家心如荒漠，几近呆滞。我起身打开音乐。我从不在没有心灵欲望时还赖在桌前。如果毫无灵感地坐在这里，会渐渐感觉自己江郎才尽，那就太可怕了。

音响里散放出的歌是前几年从俄罗斯带回来的，一位当下正红的女歌手的作品集。俄罗斯最时尚的歌曲的骨子里也还是他们固有的气质，浑厚而忧伤。忧伤的音乐最容易进入心底，撩动起过往的岁月积存在那里的抹不去的情感。很快，我就陷入这种情绪里。这时，忽见画案那边有一块金黄色的光。它很小，静谧、神秘。它是初升的太阳照在对面大楼的玻璃幕墙反射下来的，落在画案那边什么地方。此刻书房内的夜色还未褪尽，在灰蒙蒙、晦暗的氤氲里，这块光像一扇远远亮着灯的小窗。也许受到那忧伤歌声的感染，这块光使我想起四十年间蛰居市廛中的那间小屋，还有炒锅里的菜叶、破烂的家什、混合在寒冷的空气中烧煤的气味、妻子无奈的眼神……然而在那冰天雪地的时代，唯有家里的灯光才是最温暖的。于是此刻这块小小的光亮变得温情了。我不禁走到画案前铺上宣纸，拿起颤动的笔蘸着黄色和一点点朱红，将这扇明亮的小窗子抹在纸上。随即是那扰着风雪的低矮的小屋。一大片被冷风摇曳着的老槐树在屋顶上空横斜万状，说不清那些苍劲的枝丫是在抗争还是在兀自地挣扎。在通幅重重叠叠黑影的对比下，我这亮灯的小屋反倒显得更加温馨与安全。我说过，家是世界上最不必设防的地方。

记得有一年，特大的雪下了一夜，我的矮屋门槛太低，早晨推不开门，门外挡着的积雪足足有两尺厚。我从这小窗户跳出去，用木板推开门外的雪才把门打开。当时我们从家里走出，站在清冽的冻耳朵的空气里，多么像雪后从洞里钻出来的野兔……于是我把矮屋前大块没有落墨的纸当作白雪。我用淡淡的水墨渲染地上厚厚而柔软的白雪时，还得记起那时常有的一种盼望——有朋友来串门和敲门。支撑我们走过困境与苦难的不是人间种种情与义吗？我便用笔在雪地上点出一串深深的脚窝渐渐通进我的小屋。这小屋的灯光顿时更亮，黄色的光影还透射到窗外的雪地上。

没想到，就这样一幅画出来了。温情又伤感，孤寂又温馨。画中的一切都是我心底的景象。我写过这样一句话："人为了看见自己的内心才画画。"而心中的画多半是它们自己冒出来的。这是一种长久的日积月累，等待着有朝一日的升华。就像冬日大地上的万物，等待着春风吹来，一切复活；又如高高一堆干枝干柴，等待着一个飞来的火种。这意外出现的火种就是灵感。

灵感带来突然之间的发现、突破、超越与升腾。它是上天的赐予。是上天对艺术家的心灵之吻。是对一切生命创造的发端与启动。那么我们只有束手等待它吗？当然不是。正如无上的爱总是属于对它苦苦的追求者的。在你找它时，它一定也在找你。当然它不一定在你规定的时间和地点到来。就像我在书房原本是想写点什么，灵感没有来，可是谁料它竟然化作一块灵性的光降临到我的画案上？它没有进入我的钢笔，却钻进我的毛笔。

记得前些年访问挪威时，中国作协请我写一幅字赠送给挪威作家协会。我只写了两个字：笔顺。挪威的作家朋友不明其意。我解释道："这是中国古代文人间相互的祝词。笔顺就是写作思路顺畅，没有障碍的意思。"对方想了想，点点头，似乎还没弄明白我写这两个字的含义。中国的文字和文化真是很深，对外交流时首先要把自己解释明白。我又换了一种说法解释道："就是祝你们写作时常常有灵感。"他听了马上咧开嘴，很高兴地谢谢我，也祝我常有灵感。看来灵感对于全球的艺术家都是"救世主"了。

新年初至，灵感即降临我的书房画室，这于我可是个好兆头。当然我明白，只要我守住自己的信仰与追求及其所爱，灵感会不时来吻一吻我的脑门。

珍珠鸟

真好！朋友送我一对珍珠鸟。放在一个简易的竹条编成的笼子里，笼内还有一卷干草，那是小鸟舒适又温暖的巢。

有人说，这是一种怕人的鸟。

我把它挂在窗前。那儿还有一盆异常茂盛的法国吊兰。我便用吊兰长长的、串生着小绿叶的垂蔓蒙盖在鸟笼上，它们就像躲进深幽的丛林一样安全，从中传出的笛儿般又细又亮的叫声，也就格外轻松自在了。

阳光从窗外射入，透过这里，吊兰那些无数指甲状的小叶，一半成了黑影，一半被照透，如同碧玉，斑斑驳驳，生意葱茏。小鸟的影子就在这中间隐约闪动，看不完整，有时连笼子也看不出，却见它们可爱的鲜红小嘴儿从绿叶中伸出来。

我很少扒开叶蔓瞧它们，它们便渐渐敢伸出小脑袋瞅瞅我。我们就这样一点点熟悉了。

三个月后，那一团越发繁茂的绿蔓里边，发出一种尖细又娇嫩的鸣叫。我猜到，是它们有了雏儿。我呢？绝不掀开叶片往里看，连添食加水时也不睁大好奇的眼去惊动它们。过不多久，忽然有一个小脑袋从叶间探出来。更小哟，雏儿！正是这个小家伙！

它小，就能轻易地由疏格的笼子钻出身。瞧，多么像它的母亲。红嘴红脚，灰蓝色的毛，只是后背还没有生出珍珠似的圆圆的白点。它好肥，整个身子好像一个蓬松的球儿。

起先，这小家伙只在笼子四周活动，随后就在屋里飞来飞去，一会儿落在柜顶上，一会儿神气十足地站在书架上，啄着书背上那些大文豪的名字，一会儿把灯绳撞得来回摇动，跟着跳到画框上去了。只要大鸟在笼里生气地叫一声，它立即飞回笼里去。

我不管它。这样久了，打开窗子，它最多只在窗框上站一会儿，绝不飞出去。

渐渐它胆子大了，就落在我书桌上。

它先是离我较远，见我不去伤害它，便一点点挨近，然后蹦到我的杯子上，俯下头来喝茶，再偏过脸瞧瞧我的反应。我只是微微一笑，依旧写东西，它就放开胆子跑到稿纸上，绕着我的笔尖蹦来蹦去，跳动的小红爪子在纸上发出嚓嚓响。

我不动声色地写，默默享受着这小家伙亲近的情意。这样，它完全放心了。索性用那涂了蜡似的、角质的小红嘴，“嗒嗒”地啄着我颤动的笔尖。我用手抚一抚它细腻的绒毛，它也不怕，反而友好地啄两下我的手指。

有一次，它居然跳进我的空茶杯里，隔着透明光亮的玻璃瞅我。它不怕我突然把杯口捂住。是的，我不会。

白天，它这样淘气地陪伴我；天色入暮，它就在父母的再三呼唤声中，飞向笼子，扭动滚圆的身子，挤开那些绿叶钻进去。

有一天，我伏案写作时，它居然落到我的肩上。我手中的笔不觉停了，生怕惊跑它。待一会儿，扭头看，这小家伙竟趴在我的肩头睡着了，银灰色的眼睑盖住眸子，小红脚刚好给胸脯上长长的绒毛盖住。我轻轻抬一抬肩，它没醒，睡得好熟！还咂咂嘴，难道在做梦！

我笔尖一动，流泻下一时的感受：

信赖，往往创造出美好的境界。

猫婆

我那小阁楼的后墙外，居高临下是一条又长又深的胡同，我称它为猫胡同。每日夜半，这里是猫儿们无法无天的世界。它们戏耍、求偶、追逐、打架，叫得厉害时有如小孩扯着嗓子号哭。吵得人无法入睡时，便常有人推开窗大吼一声“去——”，或者扔块石头瓦片轰赶它们。我在忍无可忍时也这样怒气冲冲干过不少次。每每把它们赶跑，静不多时，它们又换个什么地方接着闹，通宵不绝。为了逃避这群讨厌的家伙，我真想换房子搬家。奇怪，哪来这么多猫，为什么偏偏都跑到这胡同里来聚会闹事?

一天，我到一位朋友家去串门，聊天，他养猫，而且视猫如命。

我说：“我挺讨厌猫的。”

他一怔，扭身从墙角纸箱里掏出个白色的东西放在我手上。呀，一只毛线球大小雪白的小猫！大概它有点怕，缩成个团儿，小耳朵紧紧贴在脑袋上，一双纯蓝色亮亮的圆眼睛柔和又胆怯地望着我。我情不自禁赶快把它捧在怀里，拿下巴爱抚地蹭它毛茸茸的小脸，竟然对这朋友说："太可爱了，把它送给我吧！"

我这朋友笑了，笑得挺得意，仿佛他用一种爱战胜了我不该有的一种怨恨。他家大猫这次一窝生了一对小猫——一只一双金黄眼儿，一只一双天蓝色眼儿。尽管他不舍得送人，对我却例外地割爱了，似乎为了要在我身上培养出一种与他同样的爱心来。真正的爱总希望大家共享，尤其对我这个厌猫者。

小猫一入我家，便成了我全家人的情感中心。起初它小，趴在我手掌上打盹睡觉，我儿子拿手绢当被子盖在它身上，我妻子拿眼药瓶吸牛奶喂它。它呢，喜欢像婴儿那样仰面躺着吃奶，吃得高兴时便用四只小毛腿抱着你的手，伸出柔软的、细砂纸似的小红舌头亲昵地舔你的手指尖……这样，它长大了，成为我家中的一员，并有着为所欲为的权利——睡觉可以钻进任何人的被窝儿，吃饭可以跳到桌上，蹲在桌角，想吃什么就朝什么叫，哪怕最美味的一块鱼肚或鹅肝，我们都会毫不犹豫地让给它。嘿，它夺去我儿子受宠的位置，我儿子却毫不妒忌它，反给它起了顶漂亮顶漂亮的名字，叫蓝眼睛。这名字起得真好！每当蓝眼睛闯祸——砸了杯子或摔了花瓶，我发火了，要打它，但只要一瞅它那纯净光澈、惊慌失措的蓝眼睛，心中的火气顿时全消，反而会把它拥在怀里，用手捂着它那双因惊恐瞪大的蓝眼睛，不叫它看，怕它被自己的冒失吓着……

我也是视猫如命了。

入秋，天一黑，不断有些大野猫出现在我家的房顶上，大概都是从后面猫胡同爬上来的吧。它们个个很丑，神头鬼脸地向屋里张望。它们一来，蓝眼睛立即冲出去，从晾台蹿上屋顶，和它们对吼、厮打，互相穷追不舍。我担心蓝眼睛被这些大野猫咬死，关紧通向晾台的门，蓝眼睛便发疯似的抓门，还哀哀地向我乞求。后来我知道蓝眼睛是小母猫，它在发狂地爱，我便打开门不再阻拦。它天天夜出晨归，归来时，浑身滚满尘土，两眼却分外兴奋明亮，像蓝宝石。就这样，在很冷的一天夜里出去了，没再回来，我妻子站在晾台上拿根竹筷子“当当”敲着它的小饭盆，叫它，一连三天，期待落空。意想不到的灾难降临——蓝眼睛丢了！

情感的中心突然失去，家中每个人全空了。

我不忍看妻子和儿子噙泪的红眼圈，便房前房后去找。黑猫、白猫、黄猫、花猫、大猫、小猫，各种模样的猫从我眼前跑过，唯独没有蓝眼睛……懊丧中，一个孩子告诉我，猫胡同顶里边一座楼的后门里，住着一个老婆子，养了一二十只猫，人称猫婆，蓝眼睛多半是叫她的猫勾去的。这话点亮了我的希望。

当夜，我钻进猫胡同，在没有灯光的黑暗里寻到猫婆家的门，正想察看情形，忽听墙头有动静，抬头吓一跳，几只硕大的猫影黑黑地蹲在墙上。我轻声一唤“蓝眼睛”，猫影全都微动，眼睛处灯光似的一闪一闪，并不怕人。我细看，没有蓝眼睛，就守在墙根下等候。不时一只走开，跳进院里，不时又从院里爬上一只来，一直没等到蓝眼睛。但这院里似乎是个大猫洞，我那可怜的宝贝多半就在里边猫婆的魔掌之中了。我冒冒失失地拍门，非要进去看个究竟不可。

门打开，一个高高的老婆子出现——这就是猫婆了。里边亮灯，她背光，看不清面孔，只是一条墨黑墨黑神秘的身影。

我说我找猫，她非但没拦我，反倒立刻请我进屋去。我随她穿过小院，又低头穿过一道小门，是间阴冷的地下室。一股浓重噎人的猫味马上扑鼻而来。屋顶很低，正中吊下一个很脏的小灯泡，把屋内照得昏黄。一个柜子、一座生铁炉子、一张大床，地上几只放猫食的破瓷碗，再没别的，连一把椅子也没有。

猫婆上床盘腿而坐，她叫我也坐在床上。我忽见一团灰扑扑的棉被上，东一只西一只横躺竖卧着几只猫。我扫一眼这些猫，还是没有蓝眼睛。猫婆问我：“你丢那猫什么样儿？”我描述一遍，她立即叫道：“那是大白波斯猫吧？长毛？大尾巴？蓝眼睛？见过见过，常从房上下来找我们玩儿，还在我们这儿吃过东西呢，多疼人的宝贝！丢几天了？”我盯住她那略显浮肿、苍白无光的老脸看，只有焦急，却无半点装假的神气。我说：“五六天了。”她的脸顿时阴沉下来，停了片刻才说：“您甭找了，回不来了！”我很疑心这话是为了骗我，目光搜寻可能藏匿蓝眼睛的地方。这时，猫婆的手忽向上一指，呀，迎面横着的铁烟囱上，竟然还趴着好一大长排各种各样的猫！有的用眼睛看我，有的闭眼睡觉，它们是在借着烟囱的热气取暖。

猫婆说："您瞧瞧吧，这都是叫人打残的猫！从高楼上摔坏的猫！我把它们拾回来养活的。您瞧那只小黄猫，那天在胡同口叫孩子们按着批斗，还要烧死它，我急了，一把从孩子们手里抢出来的！您想想，您那宝贝丢了这么多天，哪还有好？现在乡下常来一伙人，下笼子逮猫吃，造孽呀！他们在笼里放了鸟儿，把猫引进去，笼门就关上……前几天我的一只三花猫就没了。我的猫个个喂得饱饱的，不用鸟儿绝对引不走。那些狼心狗肺的家伙，吃猫肉，叫他们吃！吃得烂嘴、烂舌头、浑身烂、长疮、烂死！”

她说得脸抖，手也抖，点烟时，烟卷抖落在地。烟囱上那小黄猫，瘦瘦的，尖脸，很灵，立刻跳下来，叼起烟，仰起嘴，递给她。猫婆笑脸开花，咧着嘴不住地说："瞧，您瞧，这小东西多懂事！”像在夸赞她的一个小孙子。

我还有什么理由怀疑她？面对这天下受难猫儿们的救护神，告别出来时，不觉带着一点惭愧和狼狈的感觉。

蓝眼睛的丢失虽使我伤心很久，但从此不知不觉我竟开始关切所有猫儿的命运。猫胡同再吵再闹也不再打扰我的睡眠，似乎有一只猫叫，就说明有一只猫活着，反而令我心安。猫叫成了我的安眠曲……

转过一年，到了猫儿们求偶时节，猫胡同却忽然安静下来。

我妻子无意间从邻居那里听到一个不幸的消息：猫婆死了。同时——在她死后——才知道关于她在世时的一点点经历。

据说，猫婆本是先前一个开米铺老板的小婆，被老板的大婆赶出家门，住在猫胡同那座楼第一层的两间房子里。后又被当作资本家老婆，轰到地下室。她无亲无故，孑然一身，拾纸为生，以猫为伴，但她所养的猫没有一个良种好猫，都是拾来的弃猫、病猫和残猫。她天天从水产店捡些臭鱼烂虾煮了，放在院里喂猫，也就招引一些无家可归的野猫来填肚充饥，有的干脆在她家落脚。她有猫必留，谁也不知道她家到底有多少只猫。

“文革”前，曾有人为她找个伴儿，是个卖肉的老汉。结婚不过两个月，老汉忍受不了这些猫闹、猫叫、猫味儿，就搬出去住了。人们劝她扔掉这些猫，接回老汉，她执意不肯，坚持与这些猫共享着无人能解的快乐。

前两个月，猫婆急病猝死，老汉搬回来，第一件事便是把这些猫统统轰走。被赶跑的猫儿依恋故人故土，每每回来，必遭老汉一顿死打，这就是猫胡同忽然不明不白静下来的根由了。

这消息使我的心一揪。那些猫，那些在猫婆床上、被上、烟囱上的猫，那些残的、病的、瞎的猫儿呢？那只尖脸的、瘦瘦的、为猫婆叼烟卷的小黄猫呢？如今漂泊街头，饿死他乡，被孩子弄死，还是叫人用笼子捉去吃掉了？一种伤感与担虑从我心里漫无边际地散开，散出去，随后留下的是一片沉重的空茫。这夜，我推开后窗向猫胡同望下去，只见月光下，猫婆家四周的房顶墙头趴着一只只猫影，大约有七八只，黑黑的，全都默不作声。这都是猫婆那些生死相依的伙伴，它们等待着什么呀？

从这天起，我常常把吃剩下的一些东西，一块馒头、一个鱼头或一片饼扔进猫胡同里去，这是我仅能做到的了。但这年里，我也不断听到一些猫这样或那样死去的消息，即使街上一只猫被轧死，我都认定必是那些从猫婆家里被驱赶出来的流浪儿。入冬后，我听到一个令人战栗的故事——

我家对面一座破楼修理瓦顶。白天里瓦工们换瓦时活没干完，留下个洞，一只猫为了御寒，钻了进去。第二天瓦工们盖上瓦走了，这只猫无法出来，急得在里边叫。住在这楼顶层的五六户人家都听到猫叫，还有在顶棚上跑来跑去的声音，但谁家也不肯将自家的顶棚捅坏，放它出来。这猫叫了三整天，开头声音很大，很惨，瘆人，但一天比一天声音微弱下来，直至消失！

听到这故事，我彻夜难眠。

更深夜半，天降大雪，猫胡同里一片死寂，这寂静化为一股寒气透进我的肌骨。忽然，后墙下传来一声猫叫，在大雪涂白了的胡同深处，猫婆故居那墙头上，孤零零趴着一只猫影，在凛冽中蜷缩一团，时不时哀叫一声，甚是凄婉。我心一动，是那尖脸小黄猫吗？忙叫声：“咪咪！”

想下楼去把它抱上来，谁知一声呼唤，将它惊动，起身慌张跑掉。

猫胡同里便空无一物。只剩下一片夜的漆黑和雪的惨白，还有奇冷的风在这又长又深的空间里呼啸。

我的“三级跳”

我离开学校进入社会，将近二十年，换了三种职业。先是专业篮球运动员（故此我常说自己是“运动员出身”），而后改为从事绘画，近两年终日捏着笔杆，开始了文学生涯。这好比职业上的“三级跳”，而每一跳都跨进一个全新的领域。这三种职业又都是我热爱的。有的同志对我的经历饶有兴趣，问我怎么从“打球”跳到“画画”，又从“画画”跳到“文学创作”上来的。谈谈这“三级跳”的过程，恐怕能给一些同志点启发，从中悟到某些道理。

我上小学时就淘气得很。功课勉强过得去，全仗着记忆力强和有些小聪明。兴趣都在课下。那些在孩子们中间一阵阵流行起来的小游戏，像什么砸杏核啦、抓羊拐啦、拍毛片儿啦、捉蟋蟀啦等，我都予以极浓厚的兴趣。尤其爱玩球和画画。下学铃声一响，就和一群同学飞奔到操场，把书包、帽子往地上一扔，摆个“大门”，一直踢到天黑也不肯回家。

有时一脚把球踢远，都不易找到。在课堂上课时，则是我画画最好的时刻。将课本像个小屏风那样立在前边，挡住老师的视线，再从作业本上扯下一页白纸，便开始大画起来。起先是一边听讲一边画。画飞机、大炮、舰队、小人。画得入迷时，嘴里便不自觉地发出枪鸣炮响、小人呼叫的声音。忽然，只听一声呵斥，老师已站在面前，严厉地板着面孔，把我这些心爱的画没收了。记得我小学时的课本从来不是干干净净的，封面、封底和所有空白处都挤满了我想象出来的奇怪而稚气的形象。

这些在课余练就的"本领"总算有用。到了中学，我就成了学校篮球队的队员，还是常常赢得学校里的球迷们掌声的一名主力中锋，同时也是学校美术组的积极分子。寒暑假期里，跟一位私人教画教师学习中国画。高中一年级时，我以一幅题为《夏天》的国画作品参加市里举办的中学生美术展览而获得了奖状和奖品。可惜由于年深日久，这张能够作为纪念的奖状不知何时丢掉了。这时，我又爱上了文学。一个人在少年时代，总有一部分时间生活在幻想里，对万物充满好奇，感情混在热血中，炽烈又易于冲动，因此特别容易迷恋于诗。许多从事文学工作的人，开始起步时，大都是在日记本上写满一页页不成样的，却是真挚的诗句。于是，在我的小小书桌上，唐宋大诗人们的集子，以及普希金、莱蒙托夫、海涅、拜伦、惠特曼的集子，就把课本埋了起来。我爱那些诗，常常一连半个多小时独自在屋里充满感情地背诵那些诗，也模仿着写了一本又一本诗集。取了些自以为很美和很深奥的名字，自己做插图和封面，自己出书。并把这些自制的诗集和我所崇拜的巨匠的诗作放在一起，引以为快……

想想看，我有那么多爱好，学业自然不大出众。尤其在理工科方面，往往必须补考才能将就够上及格的分数。我在历任的数学教师的眼里，是个缺乏数字概念、不可造就、低能的学生。前不久，我中学时代的一位老师来信说：“你给我留下的印象是，爱打球、贪玩儿、画儿画得不错。你挺聪明，但绝不是模范生……”

他说的一点儿也不错。高中毕业后，我被一位有名的篮球教练一眼看上，选入了天津市男子篮球队。这是我“跳”的第一步。

这里没有更多篇幅来尽述我那段时间的迷人和有趣的运动员生活。我虽然渴望能成为一名出色的球手，但不知为什么，始终抛不开书和画。每当周末休假，我就急急渴渴跑回家，脚上穿着球鞋，一双胳膊就架在书桌上，画上整整一天。在我那运动队宿舍床位的枕边，总堆着书。那时球队正采用日本名教练大松博文的大运动量训练。晚间，同屋的经过一天紧张训练的队员们都酣睡了，鼾声如雷，我却捧着一本书，对那些跃动着动人形象的、富于魔力的文学，极力张开疲乏的眼皮……

这时，我已隐隐地感到，打球还不是我最终选定的职业，好像一只暂时小憩花枝上的鸟儿。花儿虽美，香气扑鼻，却还不是它的归宿。

在一场比赛时，我受了伤，离开了球队。这一下，我就跳进了十分喜爱的、渴望已久的绘画中来了。这便是我的第二“跳”。

开始，我在一个画社，从事古画仿制工作。我当初学画时，入手宋代的北宋画法。我摹制的画，大多是宋代画家范宽、刘松年、马远、夏圭等人的作品。由于我对风俗画抱有兴趣，也刻意于酷肖地临摹过苏汉臣的《货郎图》和张择端的《清明上河图》。这时我对艺术的兴趣就广泛展开了。人类文化有如广袤无际的天地，各种文学艺术之间息息相通，若在这中间旅行，饱览过一处名胜之后，自然要想到另一处有着无穷情趣的千岩万壑遨游一番。由中国画到西洋绘画，由中国文学到外国文学，由古典到现代，由正统艺术到民间艺术，我差不多都涉猎了。而各种文学艺术所独具的艺术美互相不能替代，几乎差不多以同样的魅力磁石般地吸引着我。我深深所喜爱的古今中外的名著和名画，一口气是数不尽的。曾有一段时间，我致力于考察本地的民间艺术的渊源和历史，如风筝、泥塑、砖刻、年画等等。那时，我的桌上和柜顶便站满了从市郊和外县征集来的泥人泥马。这使我的兴趣深入到对地方风俗和地方史的研究上。我把这些随时得到的体会写成一些小文章，开始在本市的报纸上发表。当一个青年看到自己用心血铸成的文字出现在报刊上，他不仅会得来喜悦、动力和自信，从此笔杆也就要牢牢握在他的手里，不再容易抛掉……

这样，我就再一次感到，绘画仍不是我最好的归宿。我广泛的爱好，我所要表现的，如同一盆水，而绘画对于我却仅仅是一个小小的碗儿。似乎我还要再一次从职业里跳出来。

近十多年的生活，使我一下子了解和熟悉了无数的人。那么多深切的感觉、思想和情感有待于表现。绘画绝不是我最得力的工具，我便毅然从调色盘里拔足而起，落入了文坛，走上了文学创作的道路。

这便是我职业上“三级跳”的简要的全过程。

这样，我就如同一个迷途在外的游子，终于找到了自己的故居；如同游入大海的一条鱼儿，得以自由自在地遨游。对于一个从事文学的人来说，他的全部经历、全部爱好、全部知识，都是有用的，一点儿也不会浪费掉。一部成功的文学作品要囊括进去多么丰富的生活！多么庞杂的生活知识、经验和感受！作者只会常常感到自己生活浅薄，知识狭窄和贫乏，缺陷处很多，需要随时和及时加以补充。

这一点，我深有体会。

我做过运动员。除去这段生活的积累会给我写运动员生活题材的作品提供素材之外，还使我有较好的身体基础。写东西不仅要用脑力，也要有饱满的精力。没有精力，几十万字一贯到底谈何容易！有人以为，写书的人都是弱不禁风的文弱书生，其实不然。手执一支笔，目对空无一字的稿纸，一写十几个小时，长年如此，难道不是全仗着充沛的精力吗？而精力却蕴发自强劲的体力中。因此我现在每天都要早起跑跑步，以保持体力和精力而不衰。

我画过画。绘画锻炼一个人对可视的美的事物的发现力、对形象的记忆力、对于想象和虚构的形象与空间境象具体化的能力。许多善画和精通绘画的作家（如曹雪芹、罗曼·罗兰、萨克雷等）对形象的描写都来得比较容易，得心应手，给人以似可目见的画面感。而文学的要求之一就是“要立即生出形象”（契诃夫语）。我深感有绘画修养，对写小说帮助可太大了。所以我现在也没有撂下画笔，而在写作之余，时时捉笔来画一画。

我其余那些庞杂的爱好，如地方史啦、地方风俗啦、民间艺术啦、古代文物啦等等，对于我写作，都起着直接与间接的作用。比如我写长篇历史小说《义和拳》和《神灯》时，这些平日所留意而积累下来的知识，都变成创作时极其珍贵而随手拈来的素材了。

我还喜欢音乐。尤爱听钢琴曲和提琴的独奏曲、协奏曲，以及大型交响乐。它们启发我对美的联想，丰富情感，给予我无穷、复杂和深远的境界。各种艺术在本质上都有着许多共同之处。长篇小说很像一部大型交响乐，小说中人物之间的穿插不就同交响乐里各种乐器的配合一样吗？一部书中的繁与疏、张与弛、虚与实、高潮与低潮，与一部乐曲中起伏消长的变化多么相像！在音乐欣赏中，可以悟解到多少文学创作中应该遵循的艺术规律啊！

关于文学与艺术的关系、姐妹艺术修养的必要性等问题，可以另写一大篇文章。这里，我想从自己的“三级跳”引出另外一些话——

从我的经历上放开看，许多人开始从事的工作，并不一定是最适合自己的工作。人的才能是多方面的，有的人在美术上，有的人在运动上，有的人在计算上，有的人在组织能力上；有的人手巧得很，有的人耳朵相当灵敏，有的人口才出众，有的人天生一副动听的金嗓子。但这才能在他的本职工作中往往由于不需要，或用不上，而被埋没，如同一粒深埋在沙砾下的珍珠，未得发光放彩，而业余生活却是一片造就人才的天地。我要对某些同志说，如果你发现自己在某方面的特长和素质时，应当抓紧业余时间，埋头苦干，先在这块天地里干出一番成绩来，我相信你最终会像我这样——跳进自己热爱的职业中。你去看吧！古往今来，大部分专业人才都是从“业余”中产生的。当然这需要一种为了革命的个人奋斗的精神！

对于某些领导同志，切不要把那些在业余时间里抱着一种正当爱好、埋头钻研的人，看作是“不务正业”。否则，便是不恰当的、短视的、狭隘的。在一个突飞猛进向前飞跃的社会里，必然是所有人的才能（各种各样的才能）都得到最大限度的发挥。只有每个人都挥尽自己的血汗与才能，科学才能进步，文化才能繁荣，国家才能富强。

我从绘画跳入文学时，原单位一个领导对我说：“我不留你。虽然我也很需要你。但我知道，你去写作，对社会的贡献会更大。”

我听了感动万分，眼睛都潮湿了。文艺工作者的成长和进步，多么需要党的阳光和领导的帮助啊！

邓小平同志在全国第四次文代会《祝词》中说：“必须重视文艺人才的培养。在一个九亿多人口的大国里，杰出的文艺家实在太少了。这种状况，与我们的时代很不相称。我们不仅要从思想上，而且要从工作制度上，创造有利于杰出人才涌现和成长的必要条件。”“四人帮”被粉碎后，我们又一次亲身感受到，党坚决贯彻执行“双百方针”，为文艺的发展开拓广阔的天地，无论是老一辈的、青年一代的专业、业余文艺工作者都受到过关怀和培养。因此，每当我回想起自己如何走上文学创作道路时常想，应怎样努力提高自己，更不要辜负党的培养，永远忠实于生活，为人民服务，为社会主义服务。

我与《清明上河图》的故事

冥冥中我感觉《清明上河图》和我有一种缘分。这大约来自初识它时给我的震撼。一个画家敢于把一个城市画下来，我想古今中外唯有这位宋人张择端。而且它无比精确和传神、庞博和深厚，他连街头上发情的驴、打盹的人和犄角旮旯的茅厕也全都收入画中！当时我二十岁出头，气盛胆大，不知天高地厚，居然发誓要把它临摹下来。

临摹是学习中国画笔墨技术的一种传统。我的一位老师惠孝同先生是湖社的画师，也是位书画的大藏家，私藏中有不少国宝。他住在北京王府井的大甜水井胡同。我上中学时逢到假期就跑到他家临摹古画。惠老师待我情同慈父，像郭熙的《寒林图》和王诜的《渔村小雪图》这些绝世珍品，都肯拿出来，叫我临摹真迹。临摹原作与印刷品是截然不同的，原作带着画家的生命气息，印刷品却平面呆板，徒具其形——此中的道理暂且不说。然而，临摹《清明上河图》是无法面对原作的，这幅画藏在故宫，只能一次次坐火车到北京故宫博物院的绘画馆去看，常常一看就是两三天，随即带着读画时新鲜的感受跑回来伏案临摹印刷品。然而故宫博物院也不是总展出这幅画。常常是一趟趟白跑腿，乘兴而去，败兴而归。

我初次临摹是失败的。我自以为习画从宋人院体派入手，《清明上河图》上的山石树木和城池楼阁都是我熟悉的画法，但动手临摹才知道画中大量的民居、人物、舟车、店铺、家具、风俗杂物和生活百器的画法，在别人画里不曾见过。它既是写意，也是工笔，洗练又精准，活脱脱、活灵活现，这全是张择端独自的笔法。画家的个性愈强，愈难临摹，而且张择端用的笔是秃锋，行笔时还有些“战笔”，苍劲生动，又有韵致，仿效起来却十分之难。偏偏在临摹时，我选择从画中最复杂的一段——虹桥入手，以为拿下这一环节，便可包揽全卷。谁料这不足两尺的画面上竟拥挤着上百个人物。各人各态，小不及寸，手脚如同米粒。相互交错，彼此遮翳，倘若错位，哪怕差之分毫，也会乱了一片。这一切只有经过临摹，才明白其中无比的高超。于是画过了虹桥这一段，我便搁下笔，一时真有放弃的念头。

我被这幅画打败!

重新燃起临摹《清明上河图》的决心，是在“文革”期间。一是因为那时候除去政治斗争，别无他事，天天有大把的时间；二是我已做好充分准备。先自制一个玻璃台面的小桌，下置台灯。把用硫酸纸勾描下来的白描全图铺在玻璃上，上边敷绢，电灯一开，画面清晰地照在绢上，这样再对照印刷品临摹就不会错位了。至于秃笔，我琢磨出一个好办法，用火柴吹灭后的余烬烧去锋毫的虚尖，这种人造秃笔画出来的线条，竟然像历时久矣的老笔一样苍劲。同时对《清明上河图》的技法悉心揣摩，直到有了把握，才拉开阵势，再次临摹。从卷尾始，由左向右，一路下来，愈画愈顺，感觉自己的画笔随同张择端穿街入巷，游逛百店，待走出城门，自由自在地徜徉在那些人群中……看来完成这幅巨画的临摹应无问题。可是忽然出了件意外的事——

一天，我的邻居引来一位美籍华人说要看画。据说这位来访者是位作家。我当时还没有从事文学，对作家心怀神秘又景仰，遂将临摹中的《清明上河图》抻开给她看。画幅太长，画面低垂，我正想放在桌上，谁料她突然跪下来看，那种虔诚之态，如面对上帝，使我大吃一惊。像我这样的在计划经济中长大的人，根本不知市场生活的种种作秀。当她说如果她有这样一幅画，就会什么也不要，我被深深打动，以为真的遇到艺术上的知己和知音，当即说我给你画一幅吧。她听了，那表情，好似到了天堂。

艺术的动力常常是被感动。于是我放下手中画了一小半的《清明上河图》，第二天就去买绢和裁绢，用红茶兑上胶矾，一遍遍把绢染黄染旧，再在屋中架起竹竿，系上麻绳，那条五米多长的金黄的长绢，便折来折去晾在我小小房间的半空中。我由于对这幅画临摹得正是得心应手，画起来很流畅对自己也很满意。天天白日上班，夜里临摹，直至更深夜半。嘴里嚼着馒头咸菜，却把心里的劲儿全给了这幅画。那年我三十二岁，精力充沛，一口气干下去，到了完成那日，便和妻子买了一瓶通化的红葡萄酒庆祝一番，掐指一算居然用了一年零三个月！

此间，那位美籍华人不断来信，说尽好话，尤其那句“恨不得一步就跨到中国来”，叫我依然感动，期待着尽快把画给她。但不久唐山大地震来了，我家被毁，墙倒屋塌，一家人差点被埋在里边。人爬出来后，心里犹然惦着那画。地震后的几天，我钻进废墟寻找衣服和被褥时，冒险将它挖出来。所幸的是我一直把它放在一个细长的装饼干的铁筒里，又搁在书桌抽屉最下一层，故而完好无损。这画随我又一起逃过一劫。这画与我是一般寻常关系吗？

此后，一些朋友看了这幅无比繁复的巨画，劝我不要给那位美籍华人。我执意说：“答应人家了，哪能说了不算？”

待到一九七八年，那美籍华人来到中国，从我手中拿过这幅画的一瞬，我真有点舍不得。我觉得她是从我心里拿走的。她大概看出我的感受，说她一定请专业摄影师拍一套照片给我。此后，她来信说这幅画已镶在她家纽约曼哈顿第五大街客厅的墙上，还是请华盛顿一家博物馆制作的镜框呢。信中夹了几张这幅画的照片，却是用傻瓜机拍的，光线很暗，而且也不完整。

一九八五年我赴美参加爱荷华国际笔会，中间抽暇去纽约，去看她，也看我的画。我的画的确堂而皇之被镶在一个巨大又讲究的镜框里，内装暗灯，柔和的光照在画中那神态各异的五百多个人物的身上。每个人物我都熟悉，好似“熟人”。虽是临摹，却觉得像是自己画的。我对她说别忘了给我一套照片作纪念。但她说这幅画被固定在镜框内，无法再取下拍照了。属于她的，她全有了；属于我的，一点也没有。那时，中国的画家还不懂得画可以卖钱，无论求画与送画，全凭情意。一时我有被掠夺的感觉，而且被掠得空空荡荡。它毕竟是我年轻生命中整整的一年换来的！

现在我手里还有小半卷未完成的《清明上河图》，在我中断这幅而去画了那幅之后，已经没有力量再继续这幅画了。我天性不喜欢重复，而临摹这幅画又是太浩大、太累人的工程。况且此时我已走上文坛，我心中的血都化为文字了。

写到这里，一定有人说，你很笨，叫人弄走这样一幅大画！

我想说，受骗多半缘自一种信任或感动。但是世上最美好的东西不也来自信任和感动吗？你说应该守住它，还是放弃它？

我写过一句话：每受过一次骗，就会感受一次自己身上人性的美好与纯真。

这便是《清明上河图》与我的故事。

大地震给我留下什么？

在我私人的藏品中，有一个发黄而旧黯的信封，里面装着十几张大地震后化为废墟的照片，那曾是我的“家”；还有一页大地震当天的日历，薄薄的白纸上印着漆黑的字：1976 年 7 月 28 日。后边我再说这页日历和那些照片是怎么来的。现在只想说，每次打开这信封，我的心都会变得异样。

变得怎么异样？是过于沉重吗？是曾经的一种绝望又袭上心头吗？记得一位朋友知道我地震中家覆灭的经历，便问我：“你有没有想到过死？哪怕一闪念？”我看了他一眼。显然这位朋友没有经过大地震——这种突然的大难降临是何感受。

如果说绝望，那只是地震猛烈地摇晃四十秒钟的时间里。这次大地震的时间实在太长了。后来我楼下的邻居说，整个地动山摇的过程中我一直在喊，叫得很惨，像是在嚎，但我不知道自己在叫。

当时由于天气闷热，我睡在阁楼的地板上。在我被突如其来的狂跳的地面猛烈弹起的一瞬，完全出于本能扑向睡在小铁床上的儿子。我刚刚把儿子拉起来，小铁床的上半部就被一堆塌落的砖块压下去。如果我的动作慢一点，后果不堪设想。我紧抱着儿子，试图翻过身把他压在身下，但已经没有可能。小铁床像大风大浪中的小船那般癫狂。屋顶老朽的木架发出嘎吱嘎吱可怕的巨响，顶上的砖瓦大雨一般落入屋中。我亲眼看见北边的山墙连同窗户像一面大帆飞落到深深的后胡同里。闪电般的地光照亮我房后那片老楼，它们全在狂抖，冒着烟土，声音震耳欲聋。然而，大地发疯似的摇晃不停，好像根本停不下来了，就像当时的“文革”。我感到我的楼房马上塌掉。睡在过道上的妻子此刻不知在哪里，我听不到她的呼叫。我感到儿子的双手死死地抓着我的肩背。那一刻，我感到了末日。

但就在这时，大地戛然而止，好像列车的急刹车。这一瞬的感觉极其奇妙，恐怖的一切突然消失，整个世界特别漆黑而且没有声音。我赶紧踹开盖在腿上的砖块跳下床，呼喊妻子。我听到了她的应答。原来她就在房门的门框下，趴在那里，门框保护了她。我忽然感到浑身热血沸腾，就像从地狱里逃出来，第一次强烈地充满再生的快感和求生的渴望。我大声叫着：“快逃出去。”我怕地震再次袭来！

过道的楼顶已经塌下来。楼梯被柁架、檩木和乱砖塞住。我们拼力扒开一个出口，像老鼠那样钻出去，并迅速逃出这座只要再一震就可能垮掉的老楼。待跑出胡同，看到黑乎乎的街上全是惊魂未定而到处乱跑的人。许多人半裸着。他们也都是从死神手缝里侥幸的生还者。我抱着儿子，与妻子跑到街口一个开阔地，看看四周没有高楼和电线杆，比较安全，便从一家副食店门口拉来一个菜筐，反扣过来，叫妻儿坐在上边，便说："你们千万别走开，我去看看咱们两家的人。"

我跑回家去找自行车。邻居见我没有外裤，便给我一条带背带的工作裤。我腿长，裤子太短，两条腿露在外边。这时候什么也顾不得了，活着就是一切。我跨上车，去看父母与岳父岳母。车子拐到后街上，才知道这次地震的凶厉。窄窄的街面已经被地震扭曲变形，波浪般一起一伏，一些树木和电线杆横在街上，仿佛刚遭遇炮火的轰击。通电全部中断，街两边漆黑的楼里发着呼叫。多亏昨晚我睡觉前没有摘下手表，抬起手腕看看表，大约是凌晨四时半。

幸好父母与岳父岳母都住在一楼，房子没坏，人都平安，他们都已经逃到比较宽阔的街上。待安顿好长辈，回到家时，已是清晨。见到妻子才彼此发现，我们的脸和胳膊全是黑的。原来地震时从屋顶落下来的陈年的灰尘，全落在脸上和身上。我将妻儿先送到一位朋友家。这家的主妇是妻子小学时的老师，与我们关系甚好。这便又急匆匆跨上车，去看我的朋友们。

从清晨直到下午四时，一连去了十六家。都是平日要好的朋友。在"文革"那种清贫和苍白的日子，朋友是最重要的心灵财富了。此时相互看望，目的很简单，就是看人出没出事，只要人平安，谢天谢地，打个照面转身便走。我的朋友们都还算幸运，只有一位画画的朋友后腰被砸伤，其他人全都逃过这一劫。一路上，看到不少尸首身上盖一块被单停放在道边，我已经搞不清自己到底是怎样还活在这世上的。中午骑车在道上，我被一些穿白大褂的人拦住，他们是来自医院的志愿者，正忙着在街头设立救护站。经他们告诉我，才知道自己的双腿都被砸伤。有的地方还在淌血。护士给我消毒后涂上紫药水，双腿花花的，看上去很像个挂了彩的伤员。这样，在路上再遇到的朋友和熟人，得知我的家已经完了，都毫不犹豫地从口袋掏出钱来。若是不要是不可能的！他们硬把钱塞到我借穿的那件工作服胸前的小口袋里。那时的人钱很少，有的一两块，多的三五块。我的朋友多，胸前的钱塞得愈来愈鼓。大地震后这天奇热，跑了一天，满身的汗，下午回来时塞在口袋里的钱便紧紧粘成一个硬邦邦拳头大的球儿。掏出来掰开，和妻子数一数，竟是七十一元，整个“文革”十年我从来没有这么巨大的收入。我被深深地打动！当时谁给了我几块钱，我都记得清清楚楚。现在事过三十年，已经记不清是哪些人，还有那些名字，却记得人间真正的财富是什么，而且这财富藏在哪里？究竟什么时候它才会出现？

画家尼玛泽仁曾经对我说：在西藏那块土地上，人生存起来太艰难了。它贫瘠、缺氧、闭塞。但藏民靠着什么坚韧地活下来的呢？靠着一种精神，靠着信仰与心灵。

个人对信念的恪守和彼此间心灵的抚慰。

大地震是“文革”终结前最后的一场灾难。它在人祸中加入天灾，把人们无情地推向深渊的极致。然而，支撑着我们生活下来的，不正是一种对春天回归的向往、求生的本能以及人间相互的扶持与慰藉吗？在我本人几十年种种困苦与艰难中，不是总有一只又一只热乎乎、有力的手不期而至地伸到眼前？

我相信，真正的冰冷在世上，真正的温暖在人间。

大地震的第三天，我鼓起勇气，冒着频频不绝的余震，爬上我家那座危楼。我惊奇地发现，隔壁巨大而沉重的烟囱竟在我的屋子中央，它到底是怎样飞进来的？然而我首先要做的，不是找寻衣物。我已经历了两次一无所有。一次是“文革”的扫地出门，一次是这次大地震。我对财物有种轻蔑感。此刻，我只是举着一台借来的海鸥牌相机，把所有真实的景象全部记录下来。此时，忽见一堵残墙上还垂挂着一本日历。日历那页正是地震的日子。我把它扯下来，一直珍存到今天。

我要留住这一天。人生有些日子是要设法留住的。因为在这种日子里，总是在失去很多东西的同时，得到的却更多——关键是我们是否能够看到。如果看到了它，就会被它更正对人生的看法并因之受益一生。

一个城市是否真正强大，正是来自这个城市的人对它的爱。这种爱缘于自信。而最深层的自信来自它独有的不可取代的人文和对这种人文的理解。

第五章　城市印象

珍视历史就是保护它的原貌与原状

精神的殿堂

人死了，便住进一个永久的地方——墓地。生前的亲朋好友，如果对他思之过切，便来到墓地，隔着一层冰冷的墓室的石板“看望”他。扫墓的全是亲人。

然而，世上还有一种墓地属于例外。去到那里的人，非亲非故，全是来自异国他乡的陌生人。有的相距千山万水，有的相隔数代。就像我们，千里迢迢去到法国。当地的朋友问我们想看谁。我们说：卢梭、雨果、巴尔扎克、莫奈、德彪西等一大串名字。

朋友笑着说：“好好，应该，应该！”

他知道去哪里可以找到这些人，于是他先把我们领到先贤祠。

先贤祠就在我们居住的拉丁区。有时走在路上，远远就能看到它颇似伦敦保罗教堂的石绿色的圆顶。我一直以为是一座教堂。其实，我猜想得并不错，它最初确是教堂。可是在法国大革命期间，曾用来安葬故去的伟人，因此它就有了荣誉性的纪念意义。到了一八八五年，它被正式确定为安葬已故伟人的处所。从而，这地方就由上帝的天国转变为人间的圣殿。人们再来到这里，便不是聆听神的旨意，而是重温先贤的思想精神来了。

重新改建的建筑的入口处，刻意使用古希腊神庙的样式。宽展的高台阶，一排耸立的石柱，还有被石柱高高举起来的三角形楣饰，庄重肃穆，表达着一种至高无上的历史精神。大维·德安在楣饰上制作的古典主义的浮雕，象征着祖国、历史和自由。上边还有一句话："献给伟人们，祖国感谢他们！"

这句话显示这座建筑的内涵，神圣又崇高，超过了巴黎任何建筑。

我要见的维克多·雨果就在这里。他和所有这里的伟人一样，都安放在地下。因为地下才意味着埋葬。但这里的地下是可以参观与瞻仰的。一条条走道，一间间石室。所有棺木全都摆在非常考究和精致的大理石台子上。雨果与另一位法国的文豪左拉同在一室，一左一右，分列两边。每人的雪白大理石的石棺上面，都放着一片很大的美丽的铜棕榈。

我注意到，展示着他们生平的"说明牌"上，文字不多，表述的内容却自有其独特的角度。比如对于雨果，特别强调由于反对拿破仑政变，坚持自己的政见，遭到迫害，因而到英国与比利时逃亡十九年。一八七〇年回国后，他还拒绝拿破仑三世的特赦。再比如左拉，特意提到他为受到法国军方陷害的犹太血统的军官德雷福斯鸣冤，因而被判徒刑那个重大的挫折。显然，在这里，所注重的不是这些伟人的累累硕果，而是他们非凡的思想历程与个性精神。

比起雨果和左拉，更早地成为这里“居民”的作家是卢梭和伏尔泰。他们是十八世纪的古典主义的巨人，生前都有很高声望，死后葬礼也都惊动一时。一七七八年伏尔泰送葬的队伍曾在巴黎大街上走了八个小时。卢梭比伏尔泰多活了三十四天。在他死后的第十六年（一七九四年），法兰西共和国举行一个隆重又盛大的仪式，把他迁到先贤祠来。

将卢梭和伏尔泰安葬此处，是一种象征，一种民族精神的象征。这两位作家的文学作品都是思想大于形象。他们的巨大价值，是对法兰西精神和思想方面做出的伟大贡献。在这里的卢梭的生平说明上写道，法兰西的“自由、平等、博爱”就是由他奠定的。

卢梭的棺木很美，雕刻非常精细。正面雕了一扇门，门儿微启，伸出一只手，送出一枝花来。世上如此浪漫的棺木大概唯有卢梭了！再一想，他不是一直在把这样灿烂和芬芳的精神奉献给人类？从生到死，直到今天，再到永远。

于是，我明白了，为什么在先贤祠里，我始终没有找到巴尔扎克、斯丹达尔、莫泊桑和缪塞，也找不到莫奈和德彪西。这里所安放的伟人们所奉献给世界的，不只是一种美，不只是具有永久的欣赏价值的杰出的艺术，而是一种思想和精神。他们是鲁迅式的人物，却不是朱自清。他们都是撑起民族精神大厦的一根根擎天的巨柱，不只是艺术殿堂的栋梁。因此我还明白，法国总统密特朗就任总统时，为什么特意要到这里来拜谒这些民族的先贤。

一九五五年四月二十日居里夫人和皮埃尔的遗骨被移到此处安葬。显然，这样做的缘由，不仅由于他们为人类科学做出的卓越的贡献，更是一种用毕生对磨难的承受来体现的崇高的科学精神。

读着这里每一位伟人的生平，便会知道他们中间没有一个世俗的幸运儿。他们全都是人间的受难者，在烧灼着自身肉体的烈火中去找寻真金般的真理。他们本人就是这种真理的化身。当我感受到他们的遗体就在面前时，我被深深打动着。真正打动人的是一种照亮世界的精神。故而，许多石棺上都堆满鲜花，红黄白紫，芬芳扑鼻。这些花是来自世界各地的人天天献上的。它们总是新鲜的。有的是一小枝红玫瑰，有的是一大束盛开的百合花。

这里，还有一些“伟人”，并非名人。比如一面墙上雕刻着许多人的姓名。它是两次世界大战中为国捐躯的作家的名单。第一次世界大战共五百六十名，第二次世界大战共一百九十七名。我想，两次大战中的烈士成千上万，为什么这里只是作家？大概法国人一直把作家看作是“个体的思想者”。他们更能够象征一种对个人思想的实践吧！虽然他们的作品不被人所知，他们的精神则被后人镌刻在这民族的圣殿中了。

一位叫作安东尼奥·圣修伯利的充满勇气的浪漫派诗人也安葬在这里。除去写诗，他还是第一个驾驶飞机飞越大西洋、开辟往非洲航邮的功臣。一九四三年他到英国参加戴高乐将军的“自由法国”抵抗运动，在地中海的一次空战中不幸牺牲，尸骨落入大海，无处寻觅。但人们把他机上的螺旋桨找到了，放在这里，作为纪念。他生前不是伟人，死后却得到伟人般的待遇。因为，先贤祠所敬奉的是一种无上崇高的纯粹的精神。

对于巴黎，我是个外国人，但我认为，巴黎真正的象征不是埃菲尔铁塔，不是罗浮宫，而是先贤祠。它是巴黎乃至整个法国的灵魂。只有来到先贤祠，我们才会真正触摸到法兰西的民族性，她的气质、她的根本，以及她内在的美。

我还想，先贤祠的“祠”字一定是中国人翻译出来的。祠乃中国人祭拜祖先的地方。人入祠堂，为的是表达对祖先的一种敬意、崇拜、纪念、感谢，还有延续下去并发扬光大的精神。这一切意义，都与法国人这个“先贤祠”的本意极其契合。这译者真是十分地高明。想到这里，转而自问：我们中国人自己的先贤、先烈、先祖的祠堂如今在哪里呢？

古希腊的石头

每到一个新地方，首先要去当地的博物馆。只要在那里边待上半天或一天，很快就会与这个地方“神交”上了。故此，在到达雅典的第二天一早，我便一头扎进举世闻名的希腊国家考古博物馆。

我在那些欧洲史上最伟大的雕像中间走来走去，只觉得我的眼睛被那个比传说还神奇的英雄时代所特有的光芒照得发亮。同时，我还发现所有雕像的眼睛都睁得很大，眉清目朗，比我的眼睛更亮！我们好像互相瞪着眼，彼此相望。尤其是来自克里特岛那些壁画上人物的眼睛，简直像打开的灯！直叫我看得神采焕发！在艺术史上，阳刚时代艺术中人物的眼睛，总是炯炯有神；阴暗时期艺术中人物的眼睛，多半暧昧不明。当然，“文革”美术除外，因为那个极度亢奋时代的人们全都注射了一种病态的政治激素。

我承认，希腊人的文化很对我的胃口。我喜欢他们这些刻在石头上的历史与艺术。由于石头上的文化保留得最久，所以无论是希腊人，还是埃及人、玛雅人、巴比伦人，以及我们中国人，在初始时期，都把文化刻在坚硬的石头上。这些深深刻进石头里的文字与图像，顽强又坚韧地表达着人类对生命永恒的追求，以及把自己的一切传之后世的渴望。

然而，永恒是达不到的。永恒只是很长很长的时间而已。古希腊人已经在这时间旅程中走了三四千年。证实这三四千年的仍然是这些文化的石头。可是如今我们看到了，石头并非坚不可摧。世界上没有任何东西可以把人带到永远。在岁月的翻滚中，古希腊人的石头已经满是裂痕与缺口，有的只剩下一些残块和断片。

在博物馆的一个展厅，我看到一截石雕的男子的左臂。虽然只是这么一段残臂，却依然紧握拳头，昂然地向上弯曲着，皮肤下面的血管膨脝鼓胀，脉搏在这石臂中有力地跳动。我们无法看见这手臂连接着的雄伟的身躯，但完全可以想见这位男子英雄般的形象。一件古物背后是一片广阔的历史风景。历史并不因为它的残缺而缺少什么。残缺，却表现着它的经历、它的命运、它的年龄，还有一种岁月感。岁月感就是时间感。当事物在无形的时间历史中穿过，它便被一点点地消损与改造，并因而变得古旧、龟裂、剥落与含混，同时也就沉静、苍劲、深厚、斑驳和朦胧起来。

于是一种美出现了。

这便是古物的历史美。历史美是时间创造的。所以它又是一种时间美。我们通常是看不见时间的。但如果你留意，便会发现时间原来就停留在所有古老的事物上。比如那深幽的树洞、凹陷的老街、泛黄的旧书、磨光的椅子、手背上布满的沟样的皱纹，还有晶莹而飘逸的银发……它们不是全都带着岁月和时间深情的美感吗？

这也是一种文化美。因为古老的文化都具有悠远的时间的意味。

时间在每一件古物的体内全留下了美丽的生命的年轮，不信你掰开看一看！

凡是懂得这一层美感的，就绝不会去将古物翻新，甚至做更愚蠢的事——复原。

站在雅典卫城上，我发现对面远远的一座绿色的小山顶上，爽眼地竖立着一座白色的石碑。碑上隐隐约约坐着一两尊雕像。我用力盯着看，竟然很像是佛像！我一直对古希腊与东方之间雕塑史上那段奇缘抱有兴趣，便兴冲冲走下卫城，跟着爬上了对面那座名叫阿雷奥斯·帕果斯的草木葱茏的小山。

山顶的石碑是一座高大的雕着神像的纪念碑。由于历时久远，一半已然缺失。石碑上层的三尊神像，只剩下两尊，都已经失去了头颅，可是他们依然气宇轩昂地坐在深凹的洞窟里。这时，使我惊讶的是，它竟比我刚才在几公里之外看到的更像是两尊佛像。无论是它的窟形，还是从座椅垂落下来的衣裙，乃至雕刻的衣纹，都与敦煌和云岗中那些北魏与西魏的佛像酷似！如果我们将两个佛头安装上去，也会十分和谐的！于是，它叫我神驰万里，一下子感到世纪前丝绸之路上那段早已逝去的令人神往的历史——从亚历山大东征到希腊人在犍陀罗为原本没有偶像崇拜的印度人雕刻佛像，再到佛教东渐与中国化的历史——陡然地掉转过头，五彩缤纷地扑面而来。

原来时间隧道就在希腊人的石头中间！在这隧道里，我似乎已经触摸到消失了数千年的那一段时光了。这时光的触觉，光滑、柔软、流动，还有一些神秘的凹凸的历史轮廓。我静静坐在山顶一块山石上，默默享受着这种奇异和美妙的感受，直到夕阳把整个石碑染得金红，仿佛一块烧透了的熔岩。

由此，我找到了逼真地进入希腊历史的秘密。

我便到处去寻访古老的文化的石头，从那一片片石头的遗址中找到时光隧道的入口，钻进去。

然而，我发现希腊到处全是这种石头。希腊人说他们最得意的三样东西就是：阳光、海水和石头。从德尔菲的太阳神庙到苏纽的海神庙，从埃皮达洛夫洛斯的露天剧场到迈锡尼的损毁的城堡，它们简直全是巨大的石头的世界。可是这些石头早已经老了。它们残缺和发黑，成片地散布在宽展的山坡或起伏的丘陵上。数千年前，它们曾是堆满财富的王城、聆听神谕的圣坛或人间英雄们竞技的场所。但历史总是喜新厌旧的。被时光筛子筛下来的只有这些破碎的房宇、残垣败壁、断碑、兀自竖立的石柱、东一个西一个的柱头或柱础。

尽管无情的历史遗弃它，有心的希腊人却无比珍惜它。他们保护这些遗址的方式在我们看来十分奇特。他们绝不去动一动历史遁去之后的

“现场”。一根石柱在一千年前倒在哪里，今天绝不去把它扶立起来。因为这是历史的本来面目。尊重历史就是不更改历史。当然他们又不是对这些先人的创造不理不管。常常会有一些“文物医生”拿着针管来，为一些正在开裂的石头注射加固剂，或者定期清洗现代工业造成的酸雨给这些石头带来的污迹。他们做得小心翼翼，好像这些石头在他们手中依然是活着的需要呵护的生命。

他们使我们认识到，每一块看似冰冷的古老的石头，其实并没有死亡，它们犹然带着昔时的气息。它们各自不同的形态都是历史的表情，石头上的残痕则是它们命运的印记与年龄的刻度。认识到这些，便会感到我们已身在历史中间。如果你从中发现到一个非同寻常的细节，那就极有可能是神奇的时间隧道的洞口了。

迈锡尼遗址给人的感受真是一种震撼。这座三千多年前用巨石砌成的城堡，如今已是坍塌在山野上的一片废墟。被时光磨砺得分外粗糙的巨大的石块与齐腰的荒草混在一起。然而，正是这种历史的原生态，才确切地保留着它最后毁灭于战火时惊人的景象。如果细心察看，仍然可以从中清晰地找到古堡的布局、不同功能的房舍与纵横的甬道。1876 年德国天才的考古学家谢里曼就是从这里找到了一个时光隧道的入口，从隧道里搬出了伟大的荷马说过的那些黄金财宝和精美绝伦的“迈锡尼文化”——他实际是活灵活现地搬出来古希腊一段早已泯灭了的历史。谢里曼说，在发掘出这些震惊世界的迈锡尼宝藏的当夜，他在这荒凉的遗址上点起篝火。他说这是二千二百四十四年以来的第一次火光。这使他想起当年阿伽门农王夜里回到迈锡尼时，王后克莉登奈斯特拉和她的情夫伊吉吐斯战战兢兢看到的火光。这跳动的火光照亮了一对狂恋中的情人眼睛里的惊恐与杀机。

今天，入夜后如果我们在遗址点上篝火，一样可以看到古希腊这惊人的一幕，我们的想象还会进入那场以情杀为背景的毁灭性的内战中去。因为，迈锡尼遗址一切都是原封不动的。时光隧道还在那些石头中间。于是我想，如果把迈锡尼交给我们——我们是不是要把迈锡尼散乱的石头好好“整顿”一番，摆放得整整齐齐，再将倾毁的城墙重新砌起来，甚至突发奇想，像大声呼喊着“修复圆明园”一样，把迈锡尼复原一新。如若这样，历史的魂灵就会一下子逃离而去。

珍视历史就是保护它的原貌与原状。这是希腊人给我们的启示。

那一天，天气分外好。我们驱车去苏纽的海神庙。车子开出雅典，一路沿着爱琴海，跑了三个小时。右边的车窗上始终是一片纯蓝，像是电视屏幕的蓝卡。

海神庙真像在天涯海角。它高踞在一块伸向海里的险峻的断崖上。看似三面环海，视野非常开阔。这视野就是海神的视野。而希腊的海神波塞冬就同中国人的海神妈祖一样，护佑着渔舟与商船的平安。但不同的是，波塞冬还有一个使命是要庇护战船。因为波斯人与希腊人在海上的争雄，一直贯穿着这个英雄国度的全部历史。

可是，这座世纪前的古庙，现今只有石头的庙基和两三排光秃秃的多里克石柱了。石柱上深深的沟槽快要被时光磨平。还有一些断柱和建筑构件的碎块，分散在这崖顶的平台上，依旧是没人把它们“规范”起来。没有一个希腊人敢于胆大包天地修改历史。这些质地较软的大理石残件，经受着两千多年的阵阵海风吹来吹去，正在一点点变短变小，有几块竟然差不多要湮没在地面中了，一些石头表面还像流质一样起伏。这是海风在上边不停地翻卷的结果。可就是这样一种景象，使得分外强烈的历史感一下子把我包围起来。

纯蓝的爱琴海浩无际涯，海上没有一只船，天上没有鹰鸟，也没有飞机。无风的世界了无声息。只有明媚的阳光照耀着古希腊这些苍老而洁白的石头。天地间，也只有这些石头能够解释此地非凡的过去，甚至叫我们想起爱琴海的名字来源于爱琴王——那个悲痛欲绝的故事。爱琴王没有等到出征的王子乘着白色的帆船回来，他绝望地跳进了大海。这大海是不是在那一瞬变成这样深浓而清冷的蓝色？爱琴王如今还在海底吗？他到底身在哪里？在远处那一片闪着波光的“酒绿色的海心”吗？

等我走下断崖时，忽然发现一间专门为游客服务的商店。它故意盖在侧下方的隐蔽处。在海神庙所在的崖顶的任何地方，都是绝对看不见这家商店的。当然，这是希腊人刻意做的。他们绝对不让我们的视野受到任何现代事物的干扰，为此，历史的空间受到了绝对与纯正的保护！

我由衷地钦佩希腊人！

希腊人告诉我们，保护古代文明遗产，需要的是对历史的深刻理解与崇拜、科学的方法、优雅的美感和高尚的文化品位。因为历史文明是一种很高的意境。

创造古希腊的是历史文明，珍惜古希腊的是现代文明。而懂得怎样珍惜它，才是一种很高层次的文明。

燃烧的石头
——罗丹的私人化雕塑

我第一次接触到罗丹的原作是在中国，时间为一九九二年。把罗丹的作品搬到东方文明的古国来展出，一时惊动了世界。前往中国美术馆的参观者人山人海，好像去看罗丹本人。我怀着景仰之情挤在人群里，伸头探颈去搜寻罗丹的每件传世名作。可是，这“第一次接触”给我的印象却十分意外。它真正震撼我的并不是那些举世皆知的名作《思想者》《巴尔扎克》《行走的人》和《加莱市民》等，而是一件洁白而透明的大理石双人小像——《吻》。

当然，我很早就从画集上见过这件雕塑，这赤裸的男女在相拥而吻的一瞬，和谐优美又充满激情地融为一体。我把它当作一种完美爱情的象征。然而，站在这雕塑面前，我却感到有一种私密的气氛笼罩着这两个纠缠着的男女，无法克制的情爱使他们的肉体在燃烧。跟着，一切生命的欲望全都集中在他们的嘴唇上来。这时我发现，他们的嘴唇并没有接触上，中间还有很小的一个空间。我围着这雕塑转了两三圈，我感到这小空间中似有一种无形的气流。一种热切和急促的气流。他们的嘴唇正在颤抖、发烫！我被这件作品所震撼。这不是冰冷的大理石雕，而是两个活生生的热血沸腾的生命；这不是爱情的象征，而是被情爱点燃的两个“具体的人”。他们是谁？这中间是不是潜藏着罗丹和他的情人卡米尔·克洛岱尔的那个美丽又残酷的故事？

从那时，我就很想去巴黎寻找答案了。

在巴黎，《吻》就放在罗丹美术馆里。

这座历史上叫作比隆别墅的美术馆曾是罗丹的故居。但它只是罗丹晚年的住所。一九〇八年经奥地利诗人里尔克的推荐，罗丹才搬到这座典雅的豪宅中来。克洛岱尔从没到这里来过，她早在这之前就与罗丹决裂了。比隆别墅对于克洛岱尔和罗丹那场狂热又痛苦的恋爱全然不知。是呵，我在美术馆楼上楼下走来走去，感觉它什么也不能告诉我。

故而我看《吻》，竟不如在中国美术馆那样的震撼，为什么？我挺茫然。

可是，静下心再看美术馆大大小小的原作，吸引我的仍然是表现男女情爱的那些小像。有些小像是先前不曾见过的。罗丹怎么会有这么多这类题材的作品？只要专注地观看每一件作品，就会觉得掀开了遮挡罗丹私人生活帷幕的一角，一种幽邃的、私密的、生命深层的气息便透露出来。于是，渐渐觉得与先前从《吻》获取的那种感受又连接上了。

这时，两只手出现在我面前。一只是男人的，一只是女人的。只有这两只手，它们像是由一块石头里“冒”出来的。那男人的手横着伸过去，试探着，又大胆地去触摸女人的手。这是罗丹的作品《情人的手》。这《情人的手》如同《吻》那样——此刻身体的全部神经都跑到手上。手也在发抖和发烫。跟着同样是生命的燃烧。

但是对于爱情来说，“触”比“吻”的意义伟大得多。“触”是圣洁的身体语言的第一个字，它要用无比的勇气来表达。这轻轻的一触依靠的却是内心的千钧之力，它是一种伟大的起点和辉煌的诞生。于是，这《情人的手》比《吻》更具惊心动魄的力量。

谁能像罗丹如此敏锐地发现爱情中这最初的勾魂摄魄的一瞬？发现手的神圣的意义？发现手是心灵的触角？心灵中一切最细微、最真实的感觉全在手上。

罗丹说：“如果一个人失去触觉，那么他就等于死了。触觉，这是唯一不可替代的感觉。”

他从哪里获得这样的神示？仅仅听凭一种天赋吗？

当然，这是迷人、性感和天才的克洛岱尔告诉他的。

其实，在罗丹第一次见到克洛岱尔时，就爱上了她。这一半由于她那带着野性的美、傲气十足的嘴，以及赤褐色头发下“绝代佳人”的前额和深蓝的眼睛，另一半则由于她罕见的才气。而同时，克洛岱尔也主动地向这位比自己年长二十四岁的男人敞开了自己纯净和贞洁的少女世界。这完全是由于罗丹的天才。男人的魅力就是才华。罗丹的一切天生都从属于雕塑——他炯炯的目光、敏锐的感觉、深刻的思维，以及不可思议的手，全都为了雕塑，而且时时都闪耀出他超人的灵性与非凡的创造力。虽然当时罗丹还没有太大的名气，但他的才气已经咄咄逼人。于是，他们很快地相互征服。正当盛年的罗丹与洋溢着青春气息的克洛岱尔如同雨紧潮急，烈日狂风，一拥而入他们爱情的酷夏。同时，罗丹也开始了他艺术创作的黄金时代。

而对于克洛岱尔来说，她所做的，是投身到一场要付出一生代价的残酷的爱情游戏。因为，罗丹有他的长久的生活伴侣罗丝和儿子。但是已经跳进旋涡而又陶醉其中的克洛岱尔，不可能回到岸边来重新选择。这样，他们只有躲开众人的视线，在公开场合装作若无其事，然后寻找任何一个可能的机会，一点空间和时间，相互宣泄无法抑制的爱与无法克制的欲望。从学院街小理石仓库，到莺歌街的福里·纳布尔别墅，再到佩伊思园……在一个个工作室幽暗的角落里、躺椅上、满是泥土的地上、未完成的雕塑作品与零件中间，他们滚烫的肉体疯狂地纠结在一起，她用沾着大理石碎屑的嘴唇吻他，他用满是石膏粉的手抚摸她——他们用极致的性爱快乐将爱情表达得无比丰盈与真实。虽然这长达十余年的爱恋，一直是私密的，东躲西藏，或隐或显地受着被旁人察觉的威胁，并不断地与不幸的罗丝发生冲突。她甚至从来没有在他身边过夜。但这反而使他们的爱更加充满渴望，充满偷吃禁果的强烈的快感与压抑下爆发般的欢愉。

手是心之具。在他们自己并不十分自觉的情况下，已经把这一切用“会说话的手”捏进泥巴里，或用“有眼睛的锤子与凿子”有力地刻进石头中。

无论是罗丹的《晨曦》，还是克洛岱尔的《罗丹像》，都是热恋者心中的对方。《晨曦》中戴着睡帽的女子，明洁、纯净、高贵、朦胧，连皮肤的表面不都是充满了罗丹的无限的柔情吗？而风格刚毅和锐利的《罗丹像》，不就是克洛岱尔时时刻刻心中激荡着的形象？

在他们的作品中，各有一件“双人小像”，彼此十分相像，便是克洛岱尔的《沙恭达罗》和罗丹的《永恒的偶像》。这两件作品都是一个男子跪在一个女子面前。但认真一看，却分别是他们各自不同角度中的“自己与对方”。

在克洛岱尔的《沙恭达罗》中，跪在女子面前的男子，双手紧紧拥抱着对方，唯恐失去，仰起的脸充满爱怜。而此时此刻，女子的全部身心已与他融为一体。这件作品很写实，就像他们情爱中的一幕。

但在罗丹的《永恒的偶像》中，女子完全是另一种形象，她像一尊女神，男子跪在她脚前，轻轻地吻她的胸膛，倾倒于她，崇拜她，神情虔诚至极。罗丹所表现的则是克洛岱尔以及他们的爱情——在自己心中的至高无上的位置。

一件作品是入世的，血肉的，激情的；一件作品是神圣的，净化的，纪念碑式的。将这两件雕塑放在一起，就是从一八八五年至一八九八年最真实的罗丹与克洛岱尔。

可以说，这一开始，他们的爱情就进入了罗丹手中的泥土、石膏、大理石，并熔铸到了千古不变的铜里。

罗丹用泥土描述他抚摸过的美丽的肉体，以石膏再现那些炽烈乃至发狂的情感，用黝黑而发亮的铜张扬他勃发的雄性，并放纵石头去想象浪漫的情爱。这些雕塑是他们爱情的记录，也是爱情的梦想。克洛岱尔的面容、表情、姿态、身体上的那种无与伦比的“法兰西民族线条”，时时出现在他的作品中。他用手中的材料去复制她，体验她，怀念她，想象她，抚摸她。他用充满着她生命感觉的手去再造她。她与他的人生搅拌在一起，也与他的艺术熔化在一起。除去他明确地为她做了许多塑像，她还明明灭灭地出现在他广泛的雕塑中。

罗丹曾对克洛岱尔说：

“你被表现在我的所有雕塑中。”

从《沉思》《圣乔治》《法兰西》《康复中的女病人》《永远的春天》《占有》《逃逸的爱情》《众神的信使伊丽斯》《罗密欧与朱丽叶》《拥抱》到《罪》《圣安东尼的诱惑》《坏精灵》《亚当与夏娃》《转瞬即逝的爱情》等，可以看到克洛岱尔在爱情中的光彩，情感生活的千姿百态，以及性爱时肉体迷人的美。

这一切，都浸透了罗丹的激情。一切至美的形态、一切动人的线条、一切心神荡漾的意境，全是罗丹的感受与幻想。那种两情的缱绻、缠绵、牵挂和愉悦，以及两性的诱惑、追逐、快乐和狂乱，全都来自罗丹的心灵。

克洛岱尔几乎就是罗丹的一切。于是，我们也就明白，一位伟大的雕塑家为什么创作出如此数量惊人的私人化的作品。何况在《地狱之门》那数百个形象中，我们还可以辨认出克洛岱尔形形色色的身影。

进一步说，克洛岱尔不仅给他一个纯洁而忠贞的爱情世界，还让他感到生命自身的力量与真实，无论是肉体的、情感的，还是心灵的。

罗丹在雕塑史上的最重要的价值，是他把古希腊以来一直放置在高高基座上的英雄的雕像搬下来，还以生命的血肉与灵魂。他真切的爱情经历、身体的体验、灵魂的感受使他更加注目于生命个体的意义。故而，就使得他同时创作的《巴尔扎克》和《加莱市民》，都是“返回人间”的伟大的凡人。在罗丹美术馆里，我们能看到半裸的雨果和全裸的巴尔扎克，连巴尔扎克的生殖器也生机勃勃地暴露着。故此，这些作品面世之时，都引起不小的风波，受到公众审美习惯激烈的抵制与抨击。但是，当它们最终被人们心悦诚服地接受下来时，历史便迈出伟大的一步。但在这“历史的一步”中，他那些私人体验与私人化的雕塑起到了无形却至关重要的作用。

一九〇〇年以后，罗丹名扬天下的同时，克洛岱尔一步步走进人生日渐深浓的阴影里。

克洛岱尔不堪承受长期厮守在罗丹的生活圈外的那种孤单与无望，不愿意永远是“罗丹的学生”。她从与罗丹相爱那天就有“被抛弃的感觉”。她带着这种感觉与罗丹纠缠了十五年，最后精疲力竭，颓唐不堪，终于在一八九八年离开罗丹，迁到蒂雷纳大街的一间破房子里，离群索居，拒绝在任何社交场合露面，天天默默地凿打着石头。尽管她极具才华，却没有足够的名气。人们仍旧凭着印象把她当作罗丹的一个弟子，所以她卖不掉作品，贫穷使她常常受窘并陷入尴尬，还要遭受雇来帮忙的粗雕工人的欺侮。这期间，罗丹已经日趋成功。他属于那种活着时就能享受到果实成熟的艺术家。他经历了与克洛岱尔那种迎风搏浪的爱情生活后，又返回平静的岸边，回到了在漫长人生之路上与他分担过生活重负与艰辛的罗丝身旁。他在默东买了大房子，过起富足的生活，并且又在巴黎买下了文艺复兴时期的豪宅比隆别墅，以应酬趋之若鹜的上流社会千奇百怪、光怪陆离的人物。这期间，还有几个情人进入了他华丽多彩的生活。当然，罗丹并没有忘记克洛岱尔。他与克洛岱尔的那场轰轰烈烈、电闪雷鸣的恋爱，是刻骨铭心的。他多次想帮助她，都遭到高傲的克洛岱尔的拒绝。他只有设法通过第三者在中间迂回，在经济上支援她，帮助她树立名气。但这些有限的支持都没有在克洛岱尔身上发生真正的效力。

在绝对的贫困与孤寂中，克洛岱尔真正感到自己是个被遗弃者了。渐渐地，往日的爱与赞美就化为怨恨。本来是个激情洋溢的性格，变得消沉下来。

一九〇五年克洛岱尔出现妄想症，而且愈演愈烈。她常常与一切人断绝来往，一个人待在屋里。身体很坏，脾气乖戾，狂躁起来就将雕塑全部打碎。一九一三年三月三日克洛岱尔的父亲去世。克洛岱尔已经完全疯了。三月十日埃维拉尔城精神病院的救护车开到蒂雷纳大街六十六号，几位医院人员用力打开门，看见克洛岱尔脱光衣服、赤裸裸披头散发坐在那里，满屋全是打碎的雕像。他们只能动手给克洛岱尔穿上控制她行动的紧身衣，把她拉到医院关起来。

这一关，竟是三十年。克洛岱尔从此与雕刻完全断绝。艺术生命的心律变为平直。她在牢房似的病房中过着漫无际涯和匪夷所思的生活。她一直活到一九四三年，最后在蒙特维尔格疯人院中去世。她的尸体埋在蒙特法韦公墓为疯人院保留的墓地里。十字架上刻着的号码为1943——No.392。

在疯人院保留的关于克洛岱尔的档案中注明：克洛岱尔死时，没有财物，没有任何有价值的文件，甚至连一件纪念品也没留下。所以克洛岱尔认为罗丹把她的一切都掠夺走了。

在罗丹与克洛岱尔相爱的那些年，他们的作品风格惊人地相近。在克洛岱尔看来，罗丹“从她身上汲到不少东西去滋养了他的才能”。但那是些什么东西呢？其实那就是爱情！爱情不仅给了他们相同的激情与力量，还把他们的艺术语言奇迹般地同化了。那时，克洛岱尔不是感觉“我们惊人地相似，以致我们的手中再也产生不了任何题材新颖的作品了”吗？在那个伟大的时刻，他们从肉体、生命、精神到艺术全部融为一体。如果没有这爱情，克洛岱尔也创作不出《罗丹像》《沙恭达罗》和《窃窃私语》来！从这个意义上说，罗丹的全部私人化的作品都应是他们共同创造的。

克洛岱尔之后，那些走进罗丹情感世界的楚楚动人的女人，没有人再给他的生命注入同样的“核动力”了。他给法克斯夫人、格雯·约翰、埃莱娜·德·诺斯蒂丝、舒瓦瑟侯爵夫人等都塑过像，他也爱过这些“美人”。但绝对没有一个塑像能够像《吻》和《情人的手》等一大批作品那样令人震撼！

应该说，造就那些伟大艺术，甚至是造就罗丹的人——同时又是最大的牺牲者，应是克洛岱尔。

那么克洛岱尔本人留下了什么呢？

卡米尔·克洛岱尔的弟弟、作家保罗在她的墓前悲凉地说：“卡米尔，您献给我的珍贵礼物是什么呢？仅仅是我脚下这一块空空荡荡的地方？虚无！一片虚无！”

可是，克洛岱尔葬身的这块墓地，后来由于政府的征用也彻底地平掉了。克洛岱尔已经无迹可寻。最后我们还是得回到她和罗丹的作品中。因为艺术家已经把他们的生命留在作品中了。

在克洛岱尔被关进疯人院的同一年，罗丹突然中风。这是巧合，还是一种神秘的生命感应，无从得知，也永无人知。

这一切便是一位大师真实的艺术与人生。

第五章

萨尔茨堡的性格

小小的山城中一半以上是游客，怎样从中一眼就辨认出萨尔茨堡人来？我同来的伙伴说，随身带伞的人准是萨尔茨堡人。

这话没错。萨尔茨堡是个阴晴不定的城市。可是它不像巴黎那样——一阵雨把脑袋淋湿，紧跟着拨开云层的太阳又把头发晒干。萨尔茨堡的雨常常没完没了。整整一天把你拦在屋里发闷发愁，转天醒来，它在窗外依然起劲地下着。一条条长长的亮闪闪的雨丝无止无休，无法斩断，本地人称这种雨为“绳子雨”。

一些旅店和餐馆总是在门口备了雨伞。遇到雨的客人们随时可以拿去一用。当你从伞桶里抽出一把雨伞，按一下伞把上的开关，“唰”地将一块晴天撑到头上时，便会感受到此地人的一种善意与人情。

城中的老街粮食街很像一条巨大蜈蚣，趴在那里。这条蜈蚣太古老，差不多已经成了化石。天天都有成百上千的游人在蜈蚣身上走来走去，寻古探幽。

且不说街上那些店铺的铁艺招牌，一件件早已够得上博物馆的藏品。连莫扎特故居门前手拉门铃的小铜把手，依旧灵巧地挂在墙上。它至少在一百年前就不使用了，但谁也不会去把它取下来——删节历史。因为最生动的历史记忆总是保留在这些细节里。

这里先不说萨尔茨堡人的历史观，往细处再说说这条老街。

任何老街都不是规划出来的，它是人们随意走出来的，所以它弯弯曲曲，幽深而诱惑。走在粮食街上，我很自然地想起意大利文艺复兴时期的名城西耶纳的那条老街，狭窄又曲折，布满阴影，没有边道，夹峙在街道两边的建筑又高又陡，墙壁上千疮百孔，到处是岁月沧桑的遗痕。

从这条老街两边散布出去的许许多多的小巷，好似蜈蚣又细又密的腿。一走进去，简直就是进入意大利了。这长长的巷子，大多在中间都有一个天井式的院落。四边是三层的罗马式的回廊。只有在中午时分，太阳才会由中天投下一小块叫人兴奋的阳光，使人想起卡夫卡对这种意大利庭院一个很别致的称呼：阳光的痰盂。只靠着这点阳光，每个庭院都是花木葱茏，常青藤会一直爬到房顶去晒太阳。

如果从粮食街直入犹太巷，再拐进莫扎特广场，意大利的气息会更加强烈地扑面而来。

那些铺满阳光的广场，那些森林一般耸立着的雪白的教堂，那些生着绿锈的典雅的屋顶，一群群鸽子在这中间飞来飞去。

从中，我们立刻感受到萨尔茨堡一千年政教合一的历史中，大主教至上的权威——他们的威严和尊贵！瞧吧，当年这些来自罗马的大主教，多么想在这里过着和梵蒂冈中教皇一样的生活，多么想把萨尔茨堡建成“北方的罗马”！

萨尔茨堡不同于奥地利任何城市，与其相差最远的是维也纳。

维也纳建在一马平川的平原上，宏大而开阔；萨尔茨堡建在峡谷之间，狭窄而峭拔。维也纳的主人是哈斯堡王朝，雍容华贵的宫廷气息散布全城；萨尔茨堡的主宰者是大主教们，神灵的精神笼罩着小小山城。所以，至今我们可以感受到维也纳的开放自由与萨尔茨堡的沉静封闭——这种历史的气氛。甭说城市，连城市的河流也大相径庭。绕过维也纳城市中心的多瑙河，总是给艺术家们很多灵感；但是从萨尔茨堡城中穿过的盐河，却没给人们更多的诗情画意。因此，逃出大主教阴影的莫扎特发誓他再不回到萨尔茨堡。此后他竟然连一支以故乡为题材的乐曲也没有。

当然，这是历史。

不管历史是怎样的，最终它都创造了城市各自独有的性格。

于是，宗教城市的静穆、大主教历史的森严和独来独往、山城的峻拔与曲折，以及本地人的自信与执着，都已经成为今天萨尔茨堡深层的人文美。

当自以为是的美国人把麦当劳建在粮食街上时，他们第一次屈从了这里的文化传统，而把那种通行于世界的、粗鄙的、红底黄字的商标——大“M”，缩成小小的、镶在一个具有本地特有的古色古香的铁艺招牌中。

全球文化在这里服从了本土文化，从中我们是否看到了萨尔茨堡人的某些性格?

再往广处说，尽管每年来到这小城中的旅客人数高达二千二百万人，本地人的生活方式却依然故我。他们没有被成帮结队、腰包鼓鼓的旅客扰得心浮气躁，一堆堆挤上去兜售商品。那些事都由旅游部门运行得井井有条。萨尔茨堡是用“电子商务”来经营旅游最出色的地方。人们呢?静静地做着自己的工作，并按照他们喜欢与习惯的方式去生活、娱乐和度假。他们远远地避开旅游景点，不喜欢到那种挤满游客的饭店和酒店去餐饮。因为在那些地方，他们找不到生活的温情与熟悉的气息。

如果想看一看真正的萨尔茨堡人，就去奥古斯汀啤酒屋吧！在那个一间间像厂房一样巨大的木头房子里，摆着一排排长条的木桌，看上去像卖肉的案子。桌子两边是木凳。萨尔茨堡人喜欢这里所保持的传统方式——自己去买酒买肉，洗杯和倒酒。陶瓷啤酒杯本来就很重，盛满酒更重。肉是烧烤的，又大又热又香。在这里没有人独酌，全都是一群人一边吃喝一边大声说话。

如果他们想一个人安静地消磨一下，就钻进盐河边的巴札咖啡店里。这家全萨尔茨堡人都去过的咖啡店，一点也不讲究，但这个城市的许多历史都在这家店中。小圆桌和圈椅随随便便放在那儿，进来一坐，一杯咖啡可以让你想待多久就多久。尽管有人说话也听不见。咖啡店的规矩和教堂一样——保持安静。它和奥古斯汀啤酒屋完全是两个世界、两种情调，但是一个传统。

如果想放纵，想连喊带叫，想与朋友热闹一番，就去奥古斯汀；如果想让精神伸个懒腰，想怔一会神儿，想享受一下宁静与孤独，就去巴札。他们一直依循着这些与生俱来的生活感觉，从不改变。他们也看电视，也打手机，也听 CD，但离不开他们的奥古斯汀和巴札。

在外地人眼里，萨尔茨堡似乎有些因循守旧。甚至有人说维也纳是“音乐之城”，萨尔茨堡是“音乐之乡”，挖苦他们是乡下人。但一位萨尔茨堡人骄傲地说，我们这儿的女孩子从来没人骚扰。

在当今世界，很多城市由于旅游业兴旺，当地的人文风气发生骤变。商业扭曲和异化人们的心灵。然而萨尔茨堡人却岿然不动。他们本分、诚实、循规蹈矩，甚至看上去有点木讷，但叫你信任不疑。外地旅客不识德语与奥国的硬币，买了东西，常常将一把硬币捧给他们，让他们拿。他们绝不会多拿一分钱。可是如果在威尼斯和巴塞罗那谁这样做，谁就是傻子。

民风的淳朴来自他们的传统。他们怎么使这传统在利欲熏心的商品世界里不瓦解、不松动？原因其实只有一个：他们深爱甚至迷恋着自己的传统。不要以为他们只是凭着一种传统的惯性活着。在大主教广场上，我看过他们举行的一个非常特殊的活动。一些身穿巴洛克时代服装的年轻人表演着先前的萨尔茨堡人怎么打铁、制陶、造纸、织布，以及怎么化妆、用餐和演戏等等。我问他们为什么这么做。他们说，一方面使人们亲近传统，一方面吸引外来游客。我问他们，是为了赚游客的钱吗？

他们说，没有赚钱的目的。人家来旅游，不只为了玩和购物，更要看你的文化。我们这样做是为了宣传自己的文化。

老实说，萨尔茨堡人生活在一种很深的矛盾中。焦点就是旅游。

他们和任何旅游城市一样，天天都承受着潮水一般的游客的冲击。所有空间都是人头攒动，到处都是挎着背包和相机的陌客窜来窜去，动不动就举起相机对着他们“咔嚓”曝一下光。重要的是，生活被全部打乱、打碎。一位当地人说，萨尔茨堡已经不是我们的了，它卖给游人了。

然而，萨尔茨堡人又都明白，这座城市至少一半收入来自这些睁大眼睛四处乱看的游人。何况，每当游人们被萨尔茨堡的美震住，他们又从心底感到十分的自豪和满足。

萨尔茨堡人细致、诚恳、敬业，又很会做生意。他们善待每一位客人。每位客人进入这里的旅店，都会看到桌上放着一套“见面礼”。风光画片、旅游手册与地图、一套纪念册、几粒莫扎特糖球，有时还有一顶太阳帽。而为旅客想得如此周到的，不仅仅是旅店，还有餐馆、剧场、车站和各个著名的景点。他们抓住任何一位游客，让人充分享受到这里的精华。关键还是由于他们真正懂得自己家乡的文化之美在哪里。

它了。

可是，一个城市是否真正强大，正是来自这个城市的人对它的爱。这种爱缘于自信。而最深层的自信来自它独有的不可取代的人文和对这种人文的理解。

我喜欢黄昏时分在城市中散步，穿行于那些迂回辗转、交错不已的老街老巷中。此刻，古老的房屋全成了高高低低群山一般的剪影了，寥落的街上已经晦暗模糊。只有那些伸向天空的教堂鎏金的顶子映着夕照，闪耀着光辉。一些设在道边或街角的露天咖啡店桌上的蜡烛已然点亮。近处一个教堂的钟声方歇，远处一个教堂的钟声又起。忽然一阵钢琴声从前边的街角像一阵风似的吹来。

我感到了萨尔茨堡人对他们的传统与文化的一种依赖。

我不想评论这种依赖是耶非耶，但我却清晰地触摸到它的性格，它结实的、执着的、独立和富于魅力的性格。

细雨品京都

牛毛细雨绵绵密密洒落京都。这向例宁静的千年古都，多了雨声，只有雨声。偶有风来，吹飞雨点，在光亮的地方晶晶闪烁地飘舞。伞儿必须迎风撑着遮雨。日本人身小，伞儿也小，雨点儿很快打湿我的衣服，凉滋滋地贴在皮肤上，给游览古迹带来诸多不便。糟糕……可是，一仰头，重峦叠翠，烟雾空蒙，清水寺的山门宝塔就立在这之间。日本的塔尖，修长似剑，在细雨霏霏中更显峭拔之势。此时，隔过山谷，飘起一缕轻岚，在空谷中白纱一般地游动，使人想起喜多郎的声音。这缕轻岚，正好从山那边耸立的一座橘色琉璃佛塔前飞过，佛塔一点点模糊又一点点清晰出来，烟岚飞去，塔身竟像给拭过那样洁净光亮……其实这是雨水的反光。在金阁寺里，我发现那雨中镀金的金阁反比阳光下的金阁更加夺目，景象真是奇异。还有花草松竹，给雨水一洗，更艳更鲜更亮更香，而花味草味松味竹味，似乎也更加清新醉人。是来自苍天的雨激发出大地万物的生命气息吗?

金阁寺一株六百年的古松，被园林艺人修葺成船的形状，名为“松之舟”。当年列岛上一无所有，最早的一切都是渡海从朝鲜和中国学来的，船就成了日本人的崇拜物。如今它所有松针都挂满雨珠，珠光宝气，倒像一只珍珠船……我想到去年来此，秋叶正红，一些精美娇艳的红叶落在这松船上，我还对同行的一位日本朋友说，应该叫“枫之舟”。如果冬日里它落满厚厚的一船白雪呢?日本大画家的名字“雪舟”两字，忽然冒了出来……

最美的景色，便在任何时候都是美的，无论仲春或残秋。好似一个女人，无论青春年少还是银丝满头，她都美。真正的美是一种气质。那么——

京都的气质呢?

这座至今整整有一千二百年历史的昔日都城，从皇室故宫、豪门巨宅到庙宇寺观，举目皆是。国宝文物，低头可见。如果导游向你介绍这些古迹古物的由来与传说——他手指的地方，几乎每移动一尺，就能讲出一个长长的故事。但死去的时光并不能吸引我。使我着迷的，是分明有一种东西，一种活着的、长命的、深切的东西，渐渐感到了，它是什么呢?

走出大云山龙安寺，穿过夹在竹栏间的砂石小径，低头钻过低垂下来的湿淋淋的繁枝密叶。陪同我们的朝日新闻社的村濑聪先生和町田智子女士，引我们走入一处庭院。临池倚树是一间精雅的房舍。我们坐在清洁的榻榻米上，吃这家小店特有的煮豆腐，享受着传统生活的滋味。窗扇半开半闭，可见院中怪石修竹、野草闲花，以及它们在池中的倒影。一只巴掌大的花蝶，一直在窗外的花丛上嬉舞，时飞时憩，亦不飞去。好像经过训练，点染风光，以使游人体味到千百年前京都贵族高雅悠闲的生活意趣。日本人对自己的历史尊崇备至，砂锅煮豆腐如今改用电炉丝加热，电门却放在暗处，好让游人的全部身心全都沉湎于历史中。这样我就找到京都的魅力了吗？

近黄昏时，町田智子问我：

“你们想到什么地方用餐？”

“当然是日本馆。中国餐可以回国后天天吃。希望是地道的京都小馆。”

撑着伞走进一条湿漉漉的老街。掀开日本式的半截的土布门帘，进了一家小馆。这种日本民间小馆，一切风习依旧，愈小愈土，愈土愈雅。从文化的眼光看，愈土才愈富有文化的原生态和文化的意味。

进门照例是脱鞋，穿过纸糊的方格隔扇，一屈腿坐在清凉光滑的竹席上。跟着是穿和服的妇女端上陶瓷和大漆的餐具，放在矮腿的小台桌上。但这一切不是旅游性质的仿古表演，不是假模假样的旧习俗的演示，而是千百年来传衍至今的不变的过去。

中国菜讲究“色、香、味”，日本菜讲究“色、形、味”。变了一个形字，日本饮食文化的特征就出来了。墨色的漆盘放一片菱形的鲈鱼片，嫩白的鱼肉上斜摆两根纤细的紫菜，上边再点缀一朵金黄色小小的菊花。日本人真是不折不扣传承自己先人留下的美。那床棚处，依照传统方式，下角摆一个“清水烧”的陶瓶，瓶中插一朵饱满的唐棣花，再撇出几根风船葛，中间竖着一根轻柔的白荻。也人工，也自然。日本的插花是把精巧的人工和充满生机的大自然融成一体。床棚正面的板壁上，垂挂一幅书法，只一个“花”字，淡墨湿笔，字形松散，笔迹模糊，带着花的温情与清雅，也引起人对花的联想。中国艺术的“空白”以及佛教的顿悟——都叫日本人“拿来”了。

妻子同昭忽有所感，对我说：

“雨天里，在这种地方倒蛮有味道。”

町田智子好像被这话启发出什么来，眸子一亮，点点头。

我不禁扭头望望窗外。小小院落，木墙石地，都因雨水而颜色深重。一束青竹，高低参错，疏密有致，细雨淋上，沙沙作响。仔细听——雨打在竹叶上的声音轻，在叶子上积水而滴落的声音重。前者连绵不断，后者似有节奏，好像乐器在协奏。大自然是超时间的，它这声音把历史拉回到眼前，并把墙上书法的境界、瓶中插花的幽雅、桌上和式饭食独有的滋味，还有这说不出年龄的老店的历史感，融为一体，令我莫名地感动起来。我知道，是这列岛上积淀了千年文化的精灵感染了我……带着这感受，饭后在老街上走一走，那沿街小楼黝黑而耗尽油水的墙板，那磨得又圆又光的井沿，那千百年被踏得发光的石板路面，以及一盏一盏亮起来、写着黑字的红灯笼……仿佛全都活了，焕发出古老的韵味，以及遥远又醇厚的诗意。这意味和气息是从历史升华出来的。只要你感受到它，过后你可能忘却这些旧街老巷名胜古迹的具体细节与来龙去脉，但会牢牢记住这种气息与滋味。

因为，文化不只是知识，它是人创造的精灵。

巴黎的天空

大自然派到巴黎的捣蛋鬼是雨。尤其是进入了秋天。如果出门时天晴日朗，为了贪图轻便而不带雨伞，那一准就会叫雨儿捉弄了。巴黎的雨是捉摸不定的。有时一天你能赶上五六次雨。有时街对面一片阳光，街这边却雨儿正紧。有时你像被谁在楼上窗口浇花时不小心将一片水点洒在背上，抬头一看原来是雨，一小块巴掌大小的云带来的最小的、最短暂的、唯巴黎才有的"阵雨"。巴黎很少大雨瓢泼，很少江河倒灌，也很少阴雨连绵。它的雨，更像是一种玩笑、一种调皮、一种心血来潮。

它不过是一阵阵地将花儿浇鲜浇艳，叫树木散出混着雨味的青叶的气息，把大街上跑来跑去的汽车小小地冲洗一下，再逼迫人们把随身携带的各种颜色和各种图案的雨伞圆圆地撑开。城市的景观为之一变。这雨原来又是一种情调。

然而，雨儿停住，收了伞，举首看看云彩走了没有。这时，有悟性的人一定会发现，巴黎一幅最大的图画在天空。

这图画的画面湛蓝湛蓝，白云和乌云是两种基本颜料。画家是风，它信马由缰地在天上涂抹。所以，擅长描绘天空的法国画家欧仁·布丹的一幅画，题目是《10 月 8 日·中午·西北风》。

巴黎的白云和乌云来自大西洋。大海的风从西边把这些云彩携来，随心所欲地布满天空。风的性情瞬间万变，忽刚忽柔，忽缓忽疾，天上的云便是它变幻无穷的图像。大自然的景观一半是静的，一半是动的。宁静的是大地，永动的是天空。当十九世纪后半期，法国画家们的工作从画室搬到田野后，天空便给画家以浩瀚和无穷的想象。在大西洋沿岸那座著名的古城翁弗勒尔，我参观前边所说的那位名叫布丹的美术馆时，看到了他大量的描绘天空的速写。在大自然中，只有天空纯属自然，最富于灵性。于是，大自然的本质被他表现出来了，这便是生命的创造和创造生命。在布丹之前，谁能证明天空是一个巨大的创造力无穷的生命？一个被布丹称作“美丽的、透明的、充满大气”的生命？所以，库尔贝、波德莱尔都对这位画友画天空的才华推崇备至。巴比松画家柯罗甚至称他为“天空之王”。

在荷兰的阿姆斯特丹，我去看凡·高美术馆，研究他从荷兰到法国前后画风的变化。我发现他最初到巴黎开始他的艺术生涯时期的一幅作品，便是用一大半篇幅去表现动荡而激情的云天。任何艺术家都会首先注意不同的事物。“不同”往往正是事物的本质。那么巴黎奇异的天空自然会吸引住这位敏感的艺术家的心灵。而且这种吸引力一直抵达凡·高一生的终结处——巴黎郊外的奥维尔。看看凡·高在奥维尔画的最后一批作品，天空被他表现得更富于动感、更深入、更动人，并成为他不安的内心的征象。

可是，我想，为什么我们中国人的绘画从来不画天空，不画光线?即使画云，也是山间的云雾，或是为了陪衬天上的神仙与飞行的龙，从来不画天空上的云。清代末期上海画家吴石仙擅长画雨景，但他不画乌云，他只是用水墨把天空平涂一片深灰色，来表示阴云密布。也许中国文人的山水画，多为书斋内的精神制品——不是自然的风景，而是主观或内心的山水意境。即使是“师造化”的石涛，也只是“搜尽奇峰打草稿”而已。故此，中国的山水多为“季节性”，缺乏“时间性”。不管现代山水画如何发展，至今没有一个中国画家画天上的云彩。难道天空在中国画中永远是一块“空白”？

现在我们回到巴黎中来——

天空莫测的风云，不仅给巴黎带来多变的阴晴，还演变出晦明不已的光线。雨儿忽来忽去，阳光忽明忽灭。在巴黎，面对一座美丽和典雅的建筑举起相机，不时会有乌云飞来，遮暗了景色，拍照不成。可是如果有耐心，等不多时，太阳从云彩的缝隙中一露头，景色反而会加倍地灿烂夺目!

阳光与云彩的配合，常常使这座城市现出奇迹。

我闲时便从居住的那条小街走出来，在塞纳河边走一走，看看丰沛而湍急的河水、行人、船只，以及两岸的风光。尽管那些古老的建筑永远是老样子，但在不同的光线里，画面会时时变得大大不同。一次，由于天上一块巨大的云彩的移动，我看到了一个奇观。先是整条塞纳河被阴影覆盖，然后远处——亚历山大三世桥那边云彩挪开了，阳光射下去，河里的水与桥上镀金的雕像闪耀出夺目的光芒。跟着，随着云彩往我这边移动，阳光一路照射过来。云行的速度真不慢，眼看着塞纳河上的一座座桥亮了起来，河水由远到近地亮起来，同时两岸的建筑也一座座放出光彩。这感觉好像天空有一盏巨大无比的灯由西向东移动。当阳光照在我的肩头和手臂上，整条塞纳河已经像一条宽阔的金灿灿的带子了。然后，云彩与阳光越过我的头顶，向东而去。最后乌云堆积在河的东端。从云端射下的一道强烈的光正好投照在巴黎圣母院上。在接近黑色的峥嵘的云天的映衬下，古老的圣母院显得极白，白得异样与圣洁。

不知为什么，在这一瞬，竟然唤起我对圣母院一种极强烈的历史感受。我甚至感觉卡西莫多、爱斯梅拉达和克洛德现在就在圣母院里。

可是就在我发痴发呆的时候，眼前的景象忽变，云彩重新遮住太阳。一盏巨灯灭了。圣母院顿时变得一片昏暗，好似蒙上重重的历史的迷雾。忽然，我觉得几个挺凉的水滴落在我的手背上，我抬起头来，一块半圆形的雨云正在我头顶的上空徘徊。

意大利断想

一个东西方文化交流史的盲点深深吸引着我：丝绸之路的东端是中国，西端是意大利，这两端恰恰都是光辉灿烂的美术大国。通过这条世纪前就开通了的丝绸之路，东西方把他们各自拥有的布帛、香料、陶瓷、玻璃、玉石、牲畜等彼此交换；中国人制造丝绸的技术至迟在七世纪就传到西西里，但为什么独独在美术方面却了无沟通？

我曾面对洛阳龙门石窟雕刻的那“北市香行社造像龛”一行小字发呆——在唐代，罗马的香料已被妇女作为时髦物品，为什么在这浩大的石窟内却找不到欧洲雕刻的直接影响？

在十六世纪，当米开朗琪罗等人叮叮当当把他们的激情与想象凿进坚硬的石头，中国人早已告别石雕艺术的时代。如果马可·波罗把霍去病墓前那些怪异的石兽运一个回去，说不定意大利文艺复兴运动就会以另一景象出现。而当聚集在佛罗伦萨和威尼斯的画家们，用无与伦比的写实技术在画布上创造出一个个活生生的人物时，中国画家早就从写实走向写神，以幻化的水墨，随心所欲地去表达内心非凡的感受。当然，意大利画家也是从未见到过这些中国画家的作品。直到十八世纪，郎世宁来到中国时，东西方艺术已全然是两个世界了。

比较而言，西方艺术家尊崇物质，东方更注重自己的精神情感。由此泛开而说，西方人一直努力把周围的一切一点点儿弄清楚，东方人却超乎物外，享受大我。一句话，西方人要驾驭物质，东方人要驾驭精神。经过十几个世纪，西方人把飞船开到月球，东方人仍在古老的大地上原地不动，精神却遨游天外。

东西方文化具有相悖性。

相悖，才各自拥有一个世界，自己的世界对于对方才是全新的。人类由于富有这东西方相悖的两种文化，它才立体，它才完整。

最大和最完整的事物都是两极的占有。

现在看来，丝绸之路主要是一条贸易通道。对于文化，它只是在不自觉中交流了文化，而不是自觉交流了文化。

正因为如此，东西方艺术便在相互独立的状态中形成了自己的一套。幸亏如此！如果它们像现代社会这样在文化上互通有无，恐怕东西方文化早就变成一只黄老虎和一只白老虎了。

我联想到现在常常说到的“文化交流”这个概念，并为此担虑。文化交流与科技交流本质不同。科技交流为了取消差距，文化交流只能是为了加大区别。谁能够做到这些？

文化是有个性的。文化的全部价值都在自己的个性里。文化相异而并存，相同而共失。因此，文化交流不是抵消个性，而必须是强化个性，谁又能这样做？

可是，天下有多少明白人？弄不好最终这世界各处全都是清一色的文化“八宝饭”，或者叫“文化的混血儿”。

与别人不同容易，与自己不同尤难。比如这三座同为意大利名城的罗马、佛罗伦萨和威尼斯——

罗马依旧有股子帝国气象。好似一头死了的狮子，犹然带着威猛的模样。这恐怕由于它一直保持原帝国都城的规模和格局，连同昔时的废墟亦兀自荒凉着，甚至那些古老建筑的碎块，遗落在地，绝不移动。原封不动才保住历史的真实。从来没有人提出那种类似“修复圆明园”的又蠢又无知的主张。建设现代城市中心则另辟新区。对于一个城市的文化史来说，死去的罗马比活着的罗马还要神圣。

罗马的美，最好是在雨里看。到处的中世纪粗大笨重的断壁残垣在白茫茫雨雾中耸立着，那真是一种人间神话。我从斗兽场出来，赶上这样的大雨，小布伞快要给雨水浇塌，正在寻求逃避之路，陡然感到自己竟是站在历史里。那城角、券洞、一根根多里克或科林斯石柱、一座座坍塌了上千年的废墟，远远近近地包围着我。回头再看那斗兽场已经被雨幕遮掩得虚幻模糊，却无比巨大地隔天而立。一时分不清自己是在罗马的遗迹里还是在罗马的时代里。它肃穆、雄浑、庄严和神奇……这独特的感受是在世界任何地方都不曾得到的。古建筑不是死去的史迹，而是依然活着的历史的细胞。如果失去这些，我们从哪里才能感受真正的罗马的灵魂。

我痴迷立着，任凭大雨淋浇，鞋子像灌满水的篓儿。

然而，这种罗马气象在佛罗伦萨就很难看到了。佛罗伦萨整座城市干脆说就是文艺复兴时期的象征。从乌菲齐博物馆二楼长廊上的小窗向外望去，阿尔诺河的两岸连同那座廊式老桥的桥上，高高矮矮一律是文艺复兴时代红顶黄墙的小楼，在湛蓝湛蓝的天空与河水的对比下，明丽而古雅。比起罗马时代，它轻快而富于活力；比起后来的巴洛克时代，它又朴素和沉静。看上去，佛罗伦萨是拒绝现代的。也许由于文艺复兴时代迸发的人文精神仍是今天欧洲精神的支柱和源泉，它滔滔汩汩，奔涌不绝。人们既把它视为过去，也作为现在。佛罗伦萨是文化的百慕大，站在其中会丧失时间的概念。

黄昏时在老街上散步。足跟敲地，好似叩打历史，回声响在苔痕斑驳的石墙上。还有一人的脚步声在街那边，扭头瞧，哎，那瘦瘦的穿长衣的男人是不是画圣母的波提切利？

比起罗马与佛罗伦萨，威尼斯散发着它独有的浪漫气质。这座在水上的城市，看上去像半身站在水里。那些古色古香建筑的倒影都被波浪摇碎，五彩缤纷地混在一起晃动着。入夜时，坐上一种尖头尖尾的名叫“贡多拉”的小船，由窄窄而光滑的水道穿街入巷，去欣赏这座婉转曲折的水城每一个诗意和画意的角落，不时会碰到一些年轻人，船头挂着灯，弹着吉他，唱着情歌，擦船而过。世界上所有傍河和临海的城市都有种开放的精神，何况这水中的威尼斯！在金碧辉煌的圣马可广场上，成千上万的鸽子中间有无数从海上飞来的长嘴的海鸥……

城市，不仅供人使用，它自身还有一种精神价值。这包括它的历史经历、人文积淀、文化气质和独有的美，它的色调、韵律、味道和空间境象，这一切构成一种实实在在的精神，这城市人的性格、爱好、习惯、追求、自尊，都包含其中。城市，既是一种实用的物质存在，也是一种高贵的精神存在。

你若把它视为一种精神，就会尊敬它，珍惜它，保卫它；你若把它仅仅视为一种物质，就会无度地使用它，任意地改造它，随心所欲地破坏它。一个城市的精神是无数代人创造积淀出来的。一旦被破坏，便再无回复的可能。失去了精神的城市该是什么样子？

我忽然想到今年年初到河南，同样跑了三座东方古城：郑州、洛阳和开封。

这三座古城对我诱惑久矣。谁想到一观其面，竟失望得达到深切的痛苦。

哪里还有什么“九朝古都”“商城”和“大宋汴京”的气象，这分明是在内地常见的那种新兴城市。连老房子也多是本世纪失修的旧屋。郑州那条土夯的商代城墙，被挤在城市中间，好似一条废弃的河堤。从历史文化的眼光看，洛阳的白马寺差不多像个空庙。开封那花花绿绿新建的宋街呢？一条只有十年历史的如同影城中的仿古街道，能给人什么认识与感受？是一种自豪还是自卑感？

不要拒绝拿郑州、开封、洛阳去和罗马、佛罗伦萨、威尼斯相对照吧，我们这三座古城和中原文化曾经是何等的辉煌！

在梵蒂冈，最令我激动的不是《拉奥孔》与《摩西》，不是拉斐尔的《雅典学院》和达·芬奇的《圣徒彼得》，而是西斯廷教堂穹顶上那经过长长十二年修复后重现光辉的米开朗琪罗的壁画。

这人类历史最伟大也最壮观的壁画，使西斯廷教堂成为解读神学和展示天国景象的圣殿。然而自从十六世纪的米开朗琪罗完成这幅壁画，历经五百年尘埃遮蔽，烛烟熏染，以及一次次修整时刷上去的防止剥落的亚麻油，这些有害物质使画面昏暗模糊，失去了往日的光彩。

从本世纪六十年代起，梵蒂冈博物馆的克拉路奇教授和他的助手将壁画拍摄成七千张照片，进行精密研究，并选择了两千个部分做了修复试验，终于确定方案，自一九八二年到一九九四年展开了本世纪最浩大的古代艺术的修复工程。终于使得米开朗琪罗以非凡的才华叙述的这个天国故事，好似拨云见日一般再现在人们的仰视之中。我们头一次如此透彻地读到了世间对神学的最权威和最动人的解释，也如此清澈地看到了米开朗琪罗出神入化的笔触。在此之前，谁能想到那画在高高穹顶上亚当的头部，竟然这样轻描淡写？而描绘《末日审判》中基督的脸颊，居然大笔挥洒，总共只用了三笔！倘若不是这次修复，我们怎能领略到这个艺术大师如此非凡才华的细节？

请注意，修缮西斯廷教堂壁画的原则，既非“整旧如新”，也非“整旧如旧”，而是一个新的目标：整旧如初。

整旧如新，即改变历史面貌地粉刷一新；整旧如旧，虽能保住历史原貌，但对那些残破的古物，只能无奈地顺从时光磨损，剥落不堪，面目不清；而整旧如初，才是真正回复到最初的也是最真实的面貌。

这种只有靠高科技才能达到的“整旧如初”，是古物修复的历史性进步。它终于实现了先人的梦想：复活历史。

可以相信，如今我们仰望西斯廷教堂穹顶的壁画时，就同一五一一年米开朗琪罗大功告成时的情景全然一样。

我们享受到了历史的艺术，也享受到了艺术的历史。

在米兰，也在以同样的目标修复举世闻名的达·芬奇的壁画《最后的晚餐》。这个将历时七年的修复工程是开放式的，使我们得以看到修复人员的工作方式。

由于达·芬奇当年作画时不断更换和试用新颜料，这幅壁画尚未完工就开始剥蚀，如今它已成为世界上残损最重的壁画之一。此刻，技术人员站在画前的铁架上，以每一平方厘米为单元精心修饰。粗看这些技术人员一动不动，好似静止；细看他们的动作缜密又紧张，犹如外科医生正在做开颅手术！

然而，说到最令我震动的，却不是在这些艺术的圣殿里，而是在街头——

居住在佛罗伦萨那天，晨起闲步，适逢一夜小雨，拂晓方歇，空气尤为清冽，鸟声也更明亮。此时，忽从高处掉下一块墙皮，恰有一位老人经过，拾起这墙皮。墙皮上似有彩绘花纹，老人抬头在那些古老的房子上寻找脱落处，待他找到了，便将墙皮恭恭正正立在这家门口，像是拾到这家掉落的一件贵重的东西。

我不禁想，如果这事发生在我们的城市里，谁会这样做？

我对一位朋友说起这事。当时我的情绪有些激动。我的朋友笑道："你的精神是不是有点奢侈？"

我一怔，默然自问，却许久不得答案。

维也纳春天的三个画面

你一听到青春少女这几个字，是不是立刻想到纯洁、美丽、天真和朝气？如果是这样你就错了！你对青春的印象只是一种未做深入体验的大略的概念而已。青春，它是包含着不同阶段的异常丰富的生命过程。一个女孩子的十四岁、十六岁、十八岁——无论她外在的给人的感觉，还是内在的自我感觉，都绝不相同。就像春天，它的三月、四月和五月是完全不同的三个画面。你能从自己对春天的记忆里找出三个画面吗？

我有这三个画面。它不是来自我的故乡故土，而是在遥远的维也纳三次旅行中的画面定格，它们可绝非一般！在这个用音乐来召唤和描述春天的城市里，春天来得特别充分、特别细致、特别蓬勃，甚至特别震撼。我先说五月，再说三月，最后说四月，它们各有一次叫我的心灵感到过震动，并留下一个永远具有震撼力的画面。

五月的维也纳，到处花团锦簇，春意正浓。我到城市远郊的山顶上游玩，当晚被山上热情的朋友留下，住在一间简朴的乡村木屋里，窗子也是厚厚的木板。睡觉前我故意不关严窗子，好闻到外边森林的气味，这样一整夜就像睡在大森林里。转天醒来时，屋内竟大亮，谁打开的窗子？正诧异着，忽见窗前一束艳红艳红的玫瑰。谁放在那里的？走过去一看，呀，我怔住了，原来夜间窗外新生的一枝缀满花朵的红玫瑰，趁我熟睡时，一点点将窗子顶开，伸进屋来！它沾满露水，喷溢浓香，光彩照人。它怕吵醒我，竟然悄无声息地又如此辉煌地进来了！你说，世界上还有哪一个春天的画面更能如此震动人心？

那么，三月的维也纳呢？

这季节的维也纳一片空蒙。阳光还没有除净残雪，绿色显得分外吝啬。我在多瑙河边散步，从河口那边吹来的凉滋滋的风，偶尔会感到一点春的气息。此时的季节，就凭着这些许的春的泄露，给人以无限期望。我无意中扭头一瞥，看见了一个无论多么富于想象力的人也难以想象得出的画面——

几个姑娘站在岸边，她们正在一齐向着河口那边伸长脖颈，眯缝着眼，噘着芬芳的小嘴，亲吻着从河面上吹来的捎来春天的风！她们做得那么投入、倾心、陶醉、神圣，风把她们的头发、围巾和长长衣裙吹向斜后方，波浪似的飘动着。远看就像一件伟大的雕塑。这简直就是那些为人们带来春天的仙女啊！谁能想到用心灵的吻去迎接春天？你说，还有哪个春天的画面，比这更迷人、更诗意、更浪漫、更震撼？

我心中的画廊里，已经挂着维也纳三月和五月两幅春天的图画。这次恰好在四月里再次访维也纳，我暗下决心，无论如何也要找到属于四月这季节的同样强烈动人的春天杰作。

开头几天，四月的维也纳真令我失望。此时的春天似乎只是绿色连着绿色。大片大片的草地上，没有五月那无所不在的明媚的小花。没有花的绿地是寂寞的。我对驾着车一同外出的留学生小吕说：

“四月的维也纳可真乏味！绿色到处泛滥，见不到花儿，下次再来非躲开四月不可！”

小吕听了，就把车子停住，叫我下车，把我领到路边一片非常开阔的草地上，然后让我蹲下来扒开草好好看看。我用手拨开草一看，大吃一惊：原来青草下边藏了满满一层花儿，白的、黄的、紫的，纯洁、娇小、鲜亮，这么多、这么密、这么辽阔！它们比青草只矮几厘米，躲在草下边，好像只要一努劲，就会齐刷刷地全冒出来……

“得要多少天才能冒出来？”我问。

“也许过几天，也许就在明天。”小吕笑道，“四月的维也纳可说不准，一天换一个样儿。”

可是，当夜冷风冷雨，接连几天时下时停，太阳一直没露面儿。我很快就要离开这里去意大利了，便对小吕说：

“这次看不到草地上那些花儿了，真有点遗憾呢，我想它们刚冒出来时肯定很壮观。”

小吕驾着车没说话，大概也有些怏怏然吧。外边毛毛雨点把车窗遮得像拉了一道纱帘。可车子开出去十几分钟，小吕忽对我说：“你看窗外——”隔过雨窗，看不清外边，但窗外的颜色明显地变了：白色、黄色、紫色，在窗上流动。小吕停了车，手伸过来，一推我这边的车门，未等我弄明白是怎么回事，便说：

“去看吧——你的花！”

迎着细密的、凉凉地吹在我脸上的雨点，我看到的竟是一片花的原野。这正是前几天那片千千万万朵花儿藏身的草地，此刻一下子全冒出来，顿时改天换地，整个世界铺满全新的色彩。虽然远处大片大片的花已经与蒙蒙细雨融在一起，低头却能清晰看到每一朵小花，在冷雨中都像英雄那样傲然挺立，明亮夺目，神气十足。我惊奇地想：它们为什么不是在温暖的阳光下冒出来，偏偏在冷风冷雨中拔地而起？小小的花居然有此气魄！四月的维也纳忽然叫我明白了生命的意味是什么，是——勇气！

这两个普通又非凡的字眼，又一次叫我怦然感到心头一震。这一震，便使眼前的景象定格，成为四月春天独有的壮丽的图画，并终于被我找到了。

拥有了这三幅画面，我自信拥有了春天，也懂得了春天。

阿尔卑斯山的精灵

晚间，坐在诺基尔森镇郊外的乡间小店又宽大又松软的椅子上，才感到疲劳。一种充满快感的疲劳。脑袋什么也不想了，里边塞满了图画一般的风光，挥之不去；再没有力量写日记了，但还是硬拿起笔在本子上记了一句：

今日之行乃是我平生走过的最美的一条路。

此后我想过一个问题：为什么奥地利历史上没产生过伟大的风景画家？从克里姆特、希勒、百水到马克斯·魏勒，几乎都与风景绝缘。即使是彼得迈耶时代也没有出现一个非常出色的画风景的高手。也许艺术的本质都是对未竟的美的一种追求，是饥渴之时心中的盛宴。可是面对萨尔茨堡这片美丽到达极致的山光水色又能做什么？只有享受而没有欲望。可我又想，奥地利毕竟不是绘画而是音乐的王国，这山水的精魂不是早都进入他们的音乐之中了？

尤其是驱车飞驰其间，车子的两边，大片大片被草原和森林覆盖的丘陵无止无休地起伏着。这丘陵的轮廓全是曲线，舒缓、流畅、变化不已。眼前一片碧草茸茸的开阔地慢慢地凹陷下去，后边齐齐的一排浓绿色的松林渐渐升起。不等它完整地展现出来，一条开满鲜红的罂粟花的低谷纵向地穿越过去，带着一种浪漫而放纵之情伸向极远的地方，可是跟着黑压压的杉树林就把它甩在自己的身后。阳光在树干之间跳跃着。是的，音乐的资质在这里表现出来了。这跳动的亮点是轻捷而快速的钢琴的琴音。但很快就被一片弦乐如潮水一般地淹没。辽阔的草原与森林又绕回到车窗上。又是丘陵延绵不断起伏的曲线。这曲线不就是那些优美而无形的旋律吗？连他们特有的华尔兹的节奏也在里边。所以我一直以为，正是这山水的精灵浸入了奥地利音乐家的灵魂之中，他们才有那种不竭的灵感和匪夷所思的才华。

大山如同一个男人，它一定在某时某地表现出自己的威严和博大。

要想见识一下名叫“阿尔卑斯”这个男人的豪气，就去大钟山！

驾车从它宽阔的山谷盘旋而上，好似驾机升空。这就一定会经历一种奇观。开始，无边的森林一层层地落下去，整个身体就像从巨大无比的浓绿的染桶里缓缓升起。阳光把窗外的绿色反射到车里，连白色的衬衣也会令人惊奇地淡淡发绿。这时，来自斜上方一种强烈的光愈来愈亮。那不是太阳，而是白雪，有些白雪与天上的白云连成一气。等到路边的草坑与石缝里忽然出现一块块白雪，车子至少已经在一千五百米以上。

随后便是白雪愈来愈多，从地上到树上。我发现自己正从一个绿色的世界升入一个银白又纯净的世界。原来大自然如此地升华！

到了二千五百米，走出车子，干脆就在大雪的世界里。尽管终年的积雪厚厚地遮盖着群山，但大山还是清晰地显示出它雄健的形态与骨气。让我惊讶的是，在那些极远又极冷的雪谷冰峰之间，哪来的一些又长又细的痕迹——从这边陡直的雪坡上断断续续一直向西，直到远处的迷雾中——原来是滑雪的人们留下的！他们用这些匪夷所思的行为在这冰雪之巅书写了自己的无畏。我的心不由得一动，似乎我碰到这大山的一种魂灵。

阿尔卑斯山引为自豪的是克里姆瀑布。延绵千里的沉默的大山只有在飞瀑流泉这种地方才得以开口说话。它咆哮呼号，如雷般地爆发。而且远在数里之外，就把喷发出的水珠如同牛毛细雨一般散布在空气里，并乘风而来，凉滋滋地扑在我的脸上。

面对这一如大雪飞动的克里姆瀑布，我知道，它来自大钟山那些冰峰雪岭。过几天我又在远远一个地方找到它的归宿——那就是闻名世界的萨尔茨堡湖区。

天边的雪山是瀑布的父亲，大地上的湖泊是瀑布的母亲。

如果跳过瀑布，湖泊是雪山终极之地。为此，那些白皑皑的雪山全都静卧在这纯蓝而透明的湖水中休憩。

使我不解的是，这湖心近一百米深的湖水，水质怎么能保持着饮用的标准？

在这里，无论任何一股引自山泉的木槽里的水，任何一条游动着浅黑色鳟鱼的溪流，全都可以放心地痛饮一番。究竟是谁维护着大自然的本色与纯洁？

在克里姆瀑布对面的道边摆着一件艺术品。一头蓝色的大牛身上画满透明的水滴。牛是萨尔茨堡的象征，水滴表示对每一滴水的珍惜与爱护。对于热爱艺术的阿尔卑斯山民来说，这件十分醒目、优美和富于想象的艺术品胜过无数空洞的标语口号。所以在整个阿尔卑斯山的山区里看不见一条标语。他们喜欢用美的语言传播思想。那天晚上，我们的驻地诺基尔森镇在举办每年一次的水节。在镇上一间用原木搭建的俱乐部里，先是几位本地的音乐家演奏几支与水相关的乐曲，然后由一位邀请来的研究水的学者，向百姓们介绍关于水的知识和保护水源的最新的科学技术。他们把水的知识灌输到在水的源头生活着的人。

从我的向导弗莱蒂口中得知，这片天国般的风光实际上承受着极大的压力。冬天时大雪蒙山，这压力来自滑雪爱好者；夏天里冰雪融化，带来压力的是游客。每年冬天，单是来到滑雪胜地萨尔巴河新格兰特镇的滑雪爱好者就有一百二十万；到了夏天，只是弗歇尔湖的游客就在五十万以上。

可是，旅游收入已经关系到这些地方的经济命脉。至少百分之六十的经济收入直接来自旅游与滑雪。

在地球变暖的时代，逢到缺雪的冬季，人们要把湖水引到山顶，通过喷洒，还原为雪，以保持足够数量的游客。

但他们绝不会毁掉自己的家园，换成现金。比如那种方便游客却破坏景观的缆车，自一九二二年以来就没有再建新的缆车线路。另一方面他们的目标也很明确，就是不再吸引更多的游人到这里来。也就是始终要把游客的数量限定在可以良性地运行的范围之内。

采尔湖畔一家制作传统皮裤的师傅告诉我，他制作这种裤子的皮子来自红鹿。但在这里，猎取红鹿是要经过严格控制的。红鹿生长得很慢，寿命十二年到十五年。如果不加限制地猎取，红鹿就会濒危或灭绝。因此猎人必须持有猎证，而且要在指定时间和猎区之内猎取红鹿，还必须绝对地服从规定的数量。每个猎区一定要保持四十只活蹦乱跳的红鹿才行。

不仅是猎区里的红鹿，每个林区的树木的数量也有硬性的规定。

这样，阿尔卑斯山才永远是活着的。

五月的森林会出现一种奇异的景象。常常从林间冒出一股烟来。一会儿在这儿，一会儿在那儿。有的很小很淡，很快就消散；有的很大很浓，像烟岚飘得挺远。挺神奇的。这是高山上的云吗？可怕的山火吗？那种传说中丑怪的山鬼躲在里边抽烟吗？

我在这里新结识的朋友奥托告诉我：“这是松树在传送花粉，山上有风，一吹就会散发出来。”他还说，“你很幸运，这样的事六七年才出现一次。”

我笑了，说：“这是树之间的爱情。爱情不能总发生的。”

奥托个子不高，硬邦邦，像山上的一块岩石，但走起路来，浑身充满弹性。和他握手就觉得突然被一只很大的钳子钳住。他今年六十五岁，依旧做登山教练。我的伙伴说：“您这样的老人爬山可要小心了。”他马上满脸不高兴地说：“我怎么会是老人？”

一个山民在旁边说：“人的年龄大小全听他自己的。”

这是山民的一句格言。

阿尔卑斯山的人，全爱登山。奥托说，在登山时全身每一块肌肉都能用上。所以，每次从山上下来后，浑身会感觉舒服得无与伦比。肺部就像山谷那样开阔而畅快。他登山已经四十六年，从来不走正路，喜欢挑选野路和陡坡，这样总保持全身的一种新鲜和矫健的感觉。他说，总走老路，对山就没有感觉了。

他还说无论多高大的山也没有危险，只有需要克服的困难。比如登山过程中，忽然遇到了暴风雨与闪电，只要迅速下降五十米就可以了。

他说他已经属于阿尔卑斯山，他认识这山上所有的一花一草一树一石。只有在山上才感到浑身有力量，有目标，也有情感。

我听了，笑道：“甭说在山上，现在说到山，你已经很有力量很有情感了。”

五月的山野到处被青翠的草场所覆盖。一大块一大块深深浅浅的草地好似不同绿色的毯子。一些体魄健硕的大牛站在草地上，低着头慢吞吞地吃草，吃饱了就随便一卧打盹睡觉。此时，草地上到处开着一种黄色的小花，花儿繁密的地方绿草地变成一片鲜黄的花海。牛吃草时也吃花。记得十年前我在下奥州阿尔卑斯山下的圣・斯太克村，拜访一位老版画家弗里德利希・那云戈保尔。他送给我一张版画，画着一头牛，浑身全是草和花。他告诉我："它（指牛）最爱吃的东西都在它自己身上。"所以这期间的牛奶全都微微发黄，带着一些花的芬芳，喝到口中味道有点神奇的感觉，做出的奶酪也特别好吃。

这里没有人放牧。先前，山民们总在牛颈上拴一个铃铛。铃铛的形状接近方形，造型挺特别，声音也特别，虽然有点发闷却传得很远。牛主人单凭铃声就知道牛在哪里。据说三十年前有个美国游客搞恶作剧，摘下了牛铃铛，结果受到不小的一笔罚金。因为没有铃铛，牛就可能遗失在大山里。如今山民们不再使用铃铛，而在牛耳朵上挂个硬塑的小牌，上边有主人的名字、地址和电话，此外还有牛的年龄、重量以及它"父母"的情况。因此，在这里的市场上买任何一块牛肉，都是可以查到这头牛的来历的。

奥地利人的细致大概只有日本人可以与之相比，尤其在对待他们的家园上。

他们不仅把居室布置得很美，也同样着意地打扮室外的风景。奥地利人种花与日本人也很相近，他们不喜欢像荷兰人那样一个品种的花种一大片，他们爱用许多不同颜色和种类的花精巧地搭配在一起。而且每个人都把自己的家园当作作画的白纸，极力去表达自己的品位与情趣。有的人喜欢灿烂之美，就用各色玫瑰种满墙栏内外；有的人偏爱幽深之美，便使用常春藤把小楼严严实实地包裹起来，只留一些窗洞从中闪着光亮……这样，家家户户都如画一般令人驻足观赏。

此间，正是割草季节。草长得又旺又肥，山民割下青草，储备起来，作为冬日牛儿们的食粮。今天，割草与储草已采用现代技术。割草机像给草场理发一样，“推”下鲜嫩肥壮的一层，然后装进塑料袋，封好袋口抽成真空，这样在冬天打开袋子时，青草依然碧绿如新。于是，在这些草场中，常常可以看到一种淡绿色规格一样的塑料包，整齐地排放在草场上，看上去十分美观。

对于阿尔卑斯人来说，保持景观之美是一个传统。这传统一半来自他们唯美，一半是做事一丝不苟，很精心。

山民们堆放木柴时，从来都是用剖面不同的木头拼成各种图案，很好看。至于他们造房盖屋，更注重与周围景色的和谐。他们不会彼此挤在一起，而总是像画家那样，在风光无限的地方，放上自己心爱的小屋。

为此，在整个人类都分外关切环境的当代，他们对环境美的要求便更加自觉。在周游阿尔卑斯山的几天里，我有意用苛刻和挑剔的目光注意观察，竟然没在任何乡镇、牧场和乡路上发现一块垃圾，连一个丢弃的塑料袋也没有。在当今世界，还有哪个地方能把环境美保护得如此绝对?

唯有唯美的萨尔茨堡的湖区。

由于他们唯美，才一直深爱和执着地遵循着自己的传统。

他们不崇尚美国式的高楼大厦以及时髦的现代建筑。他们新建房舍时，所选择的仍旧是那种坡顶、大阳台、上上下下种满鲜花的传统的木楼。当然里边的硬件设施都是现代科技的产物。但他们的衣着为什么还是民族服装?比方我在这里结识的弗莱蒂、奥托、弗里茨这几个男人，为什么都穿那种传统的紧身背带裤，足蹬长筒皮靴，上边一件绣花的粗线毛衣?

奥托笑道：“因为你是贵客。凡是正式和隆重场合，我们就要穿传统的服装。”我知道，这表示对客人的尊重。

传统方式是这里至高的礼仪。

在新特格兰镇附近，途经一个小村时，聚了一些人，像有什么大事。一辆六人驾驶的老式马车停在一座房屋前。驾车的骑手穿戴得非常漂亮。人群中有老人，也有年轻的姑娘和孩子，还有神甫。一打听，原来是村中一对老夫妇在过金婚。这时我注意到所有人全穿着民族盛装，只有神甫穿着细长的黑袍子，一位被围在中间的老妇人戴着一顶传统的精美无比的金帽子。老妇人肯定是今天金婚的主角了，这亮闪闪的金帽子就是她五十年前的陪嫁。于是，场面显得分外隆重、神圣又淳朴和欢快。一个尊重自己历史文化的民族，总是令人感动和敬佩的！

我一按相机快门，忘了抬起手指，马达一转，一卷胶片转到头。

我忽然想起，十五年前我作为IOV的中国成员，来到萨尔茨堡观看一个乡村民间歌舞团的表演。其中一个节目，十来个小伙子神气活现地跳上台来。他们上身穿着民族服装，下边踩着高跷，高跷外套一条黑色长裤，个个足有三米高，很像他们每年六月过“山松节”时的巨人山松。他们用木跷使劲跺地，声音震耳，威风凛凛。据说这是在表演冬日的森林。随后上台的是一个丑怪的小人，在树林中间窜来窜去，他是冬日的精灵。最后一个穿着长裙、梳一条辫子、十分漂亮的姑娘跑上台来，她代表着美丽的春天。于是春天开始在森林中驱赶冬天，经过一个艰辛的过程，终于将严冬赶出森林。舞台上出现一片万物复苏的春天景象。在活泼快乐的乐曲中，围在春姑娘四周的小伙子们把舞台都快踏翻了。

这个舞蹈使我至今难忘。它叫我懂得了民间情感就是大自然的情感。一下子我找到了民间传统的灵魂——用我们的话说，就是——天人合一。

由于我想到了这个舞蹈，想到那一次的所思所想，我就更加理解今天在这里见到的一切。然而，可贵的是，他们把民间传统之魂——天人合一，一直守护到今天。而我们早把大自然当作自己的对手了！这个对手被我们一次次征服，打得一败涂地，以致处处可以看到它遍体鳞伤的悲惨景象！

唉，不再说我们自己了。

这里的风景是温和的。

虽然阿尔卑斯山也有奇峰深谷、危崖绝壁，但它来到萨尔茨堡之后，就很快地化为一片音乐般起伏不已的丘陵了。

舒展、温和、朴实无华，如同童话里的画面。出没于这里的动物很少有猛禽与恶兽。最常见的是小角的鹿、羚羊、野兔和一种黑羽红腮的山鸡。然后是大片大片的草场、森林、篱笆与挂满鲜花的木楼。

大地是静态的，在大地上行走的是一片一片银灰色的云影。

没错！这里风景没有野性。它有人为的东西，但绝不是今天或昨天制造的，而是千百年来一代代山民和乡人与大自然相处的结果。人们从大自然里取得自然的美，同时把自己理想的美融合进去，最终才创造了天人合一的最高境界——和谐。

把大自然与人融为一体的是音乐与歌。所以，每当我听到阿尔卑斯山山民在歌声中那种"哎嘿——哟"的呼叫，我立刻会感到耀眼的雪山和开阔的山谷就在眼前，清新的山风还无限快意地扑在我的脸上。

在这些山民家中，常常可以看到一种很特殊的装饰，就是门琴。这种花瓶状的彩绘的门琴，是挂在门后的。它有五根可以用旋钮调节的琴弦，五个用丝线吊着的小木球。每当客人来了，进来关门，门琴上的一排小球会顺势飘飞而起，再落下来，小木球敲打琴弦，发出一阵轻柔和美妙的弦音。这声音可以放进很多内容。当主人回到家，门琴的声音抒发着家庭的温馨与愉悦；当客人来串门，门琴的声音便表达一种快乐的欢迎。我想，世界上大概只有阿尔卑斯山的山民，把声音的美看得如此重要，任何地方、任何时间都需要它。像自己心爱的人儿。

山民的木楼中，最常见的图案是——心。有时用木头雕刻一个心，镶在门中间，表示这里是他们心爱的家；有时在木板窗上挖一个“心”形的洞，表示要用心去看世界。在圣吉尔根一家乡村风味的小餐馆吃饭时，老板听说我们来自中国，便把每一份菜做成一幅冒着香味的彩色图画，并告诉我们，他们是用心做的。

他们为什么把心看得这么重要?

在路边的花田里，还可以看到一块牌子插在那里，上边写着：“带几枝花给你爱的人吧！”路人看到了，会停车下来，采几枝可意的花带走，并随手放几个硬币在牌子旁边。

他带去的不是花，而是这块土地芳香的爱心。

一次，去往圣吉尔根的路上，我的朋友库尔伯先生忽然指着车窗外很激动地说：“你看，世界上有哪个国家的村庄，会在他们的标志牌上放满了鲜花——只有我们！”

由此我注意到，我途经每一个村口的标志牌下边一定都有一个长长的木头花盆，里边栽满了艳丽和盛开的花。

库尔伯是圣吉尔根人，他说这话的时候很自豪。他为他们的土地，为他们的大自然与人文而骄傲。但为了今天的骄傲，他们一代代的先人付出了多少努力！而今天他们所做的努力，将会化为后人永远的骄傲！

干事的人总是不满足自己干过的事，总是叫你的目光盯在他正在全神贯注的明天的事情上。

第六章 抢救遗产

今天为之努力的，是为了明天的回忆

挽住我的老城

近些天，常有古董贩子找我，言其手中有宝，叫我“开眼”。问其何物，来自何处，都说是天津老城。我听了怦然心动！自从前年我组织那次“旧城文化采风”，此后于那里的砖石草木，心皆系之。然而，近闻老城的改造突然“增加力度”，先要将几条大道贯穿其间，余下的便是房产开发商们施展才（财也）干。这样，大片大片的古屋老宅，不论其历史人文的价值如何，一概全在横扫之列。据说古董贩子们纷纷闻风而至。古董贩子胜于开发商者，便是知道这些破砖烂瓦也是生财之物。于是，积淀了近六百年的老城被掀个底儿朝天，翻箱倒柜，任凭这些贩子挑肥拣瘦。

大前天，有个家住老城的贩子约我去看看老东西。我半年未进老城，借此也看看，一看真的惊呆了。颓墙断壁，触目皆是；在推土机的轰鸣中，城中多处已被夷为空荡荡的平地。我禁不住问：海张五那大宅子呢？

明代的文井呢？益德王家那座拱形的刻砖门楼呢？还有……柳家大院那些豪华又壮观的木雕花罩呢？答话的人倒是省事，只说三个字：全没了！谁弄走了？文管部门？房管部门？房主还是贩子们？难道被民工们的大锤全砸了？答话更是省事，还是三个字：谁知道！在一种强烈的虚无感和失落感中，我还感到历史文化出现了一片迷茫与空白。人类在自己的“进步”面前真是无奈。待我随着这小贩走进一间很大的房间，才知道老城当今真正的状态。

这大屋像个仓库，堆满旧家具，还有许许多多从老房拆下的梁柱门窗、镂花隔扇、砖雕石刻。这些被拆得七零八落的东西，带着旧尘老土的浓烈气味，黑乎乎，破破烂烂，好像一堆堆残肢败体。注目细瞧，却识得这些建筑构件无一不是精致讲究。尤其那些隔扇门，至少一丈高，一色是铺地锦图案，八字榫对接得天衣无缝。一看这古雅而沉静的形制，便能确信一准是清代中前期豪门巨宅的物品。经问方知，果然这里是津门二百多年的金家老宅，而现在这间房子就是金家的书房！这金家始自清初康熙年间的山水画大家金玉岗（芥舟），即以丹青翰墨代代相传。此后嘉道间之金龙节、清末民初之金俊萱，都是一时学者名士。正是他们，濡染了这一方土地的醇厚的文雅。可如今难道就这么干脆利索地一下子连根拔掉了吗？我记得前年考察过这里，但无论如何也对不上号。跑出屋看这才明白，原来周围的房院、影壁、高墙已被铲除，满地瓦砾，这书房由于不在规划中新辟的道路范围之内，暂时被孤零零地搁置一旁，等待着开发商们来发落。我怀着一种凄凉心情回到屋中，再看小贩一件件展示出的老城的，特别是金家的遗物，便全部都视若珍宝了。因为这是老城最后的一点文化剩余了。

一副竹丝拼花衬底的刻竹对联，应是这书房的原物。两块墀头上的砖雕，一为“麒麟送子”，一为“状元及第”，无论从这一题材所流行的时代来判断，还是从雕刻的风格与手法（主要是雕刻的深度）来确认，无疑是马顺清时期（即清代中期）的作品。还有一些版画、书轴，尤其是几册此地文人孟广慧的信札，粗看数纸，就能知道这些信札包含着丰富的本地文化与社会的信息……可是我很糟糕，由于刚刚那种文化的失落感过重，此刻便生怕这些老城的遗物流散掉，完全失去了对付这种小贩应有的聪明，而只是连连对这些东西呼好叫妙，议论出其中的门道，毫不掩饰对这些仅存无多的遗物的珍视与迫切心情。在古董交易中，这是犯大忌的。此时小贩已经把我视作了他的掌中物。待我问价，他脱口一说，便是天价。老城的情结使我又陷尴尬，我只好说回去想想再谈。小贩与我分手时还对我加一点压力，他说：“现在有不少贩子在老城里转来转去寻找老东西呢。我可是第一个给您看的。”看来，我已经没有余地了。如果我不出高价来买，这些老城的遗物岂不从我手里溜掉？此时我真的感到，人间万物皆有命运。小到一只杯子，大到一座城池乃至一个国家和民族。该兴则兴，该亡则亡。轮到消失之日，一如风吹尘散，谁也无法子挡住。你费力收回来的，最多也不过是一撮灰白色的、无机的骨灰吧！

渐渐地，我开始运用阿Q式自我安慰法来平衡自己，并获得成功。

我暗自庆幸自己曾经干过的那件事富于远见。这便是自一九九四年十二月三十日的“旧城文化采风”。本来这一行动计划从租界区的洋房入手，此时，媒体忽然爆出新闻，政府与香港一家房地产开发集团公司合作，要对天津老城进行彻底的现代化改造。我马上意识到抢救老城乃是首要的事。遂组织历史、文化、建筑、民俗各界仁人志士，会同摄影家数十位，风风火火进入天津老城展开一次地毯式考察。经过整整一年半的努力——我们是于一九九六年七月天津老城改造动工时结束这一行动的——摄得具有历史文化内涵的照片五千余帧。然后精选部分，出版一部大型画集，名为《旧城遗韵》。由于仓促上马，行动急迫，工作得还嫌粗糙，疏漏处也必然不少。但这毕竟是天津老城改造前一次罕见的民间性的文化抢救，也是天津老城有史以来最广泛、最大规模的学术考察。记得一九九五年除夕之夜，一位摄影家爬到西北角天津大酒店十一层的楼顶，在寒风里拍下天津老城最后一个除夕子午交时万炮升空的景象。我看到这张照片，几乎落下泪来。因为我感到了这座古城的生命就此辉煌地定格。这一幕很快变成过往不复的历史画面。我们无法拯救它，但我们也无愧于老城——究竟把它的遗容完整地放在一部画册里了。

这部画集我只印了一千部。为了强调它的珍贵性，也为了一种文化的尊严。我就是要造成这样一种文化的崇高感：文化的老城和老城的文化，都必须是虔诚的觅求才能见到的。

可是，在这部画集的油墨香味尚未散尽时，老城已经失去近半。许多名门豪宅已然荡涤一空，在地球表面上抹去，虽然它们全都有姿有态、巨细无遗地保留在我这部画集里。可我不是容易满足的人。我仍不甘心。前几天，在市政协换届的开幕式上，我找到主管城市建设的王德惠副市长。他是能够理解我的想法的一位领导人。我对他说："天津人世世代代总共用了六百年，在老城里凝聚和营造成一种独特的文化，不能叫它散了。现在公家、私家、古董贩子，都在乘乱下手，快把老城这点文化分完了。应该建一座博物馆，把这些东西搬进去！"这位副市长说："我也早就想搞个老城博物馆，你说该怎么办？"我听了很高兴，说道："那就得赶紧筹备，但远水解不了近渴，必须马上行动起来，先把老城的文化留住。我可以牵头动手来做。但必须您发话！"

他答应了。以我与这位副市长的交往，他是有文化良心的。当然这十分难得。

果然，今天民俗博物馆的蔡馆长来电话说，王德惠副市长在我与他谈话的转天，就已经叫老城所在南开区的区长，尽快找我研究保护老城文物一事。一时我真有一种起死回生的感觉，好像浑身全是办法了。

我想，首先要把鼓楼东那座环卫局办公的大院保留住，这座至少有四套院的构造精美的大房子是最理想的老城博物馆的馆址。然而比这件事更要紧的是阻止老城文物的流失，这就必须组织人力，穿街入巷，征集文物。文物包含甚广，必有专家参与。还要由政府拨出几间大屋，将征集到的文物，分类编号，暂时存放保管起来。关于征集这些文物的经费与方法，我忽来灵感，突发奇想——应该搞一个"捐赠博物馆"！动员城中百姓在离开老城时，把老城的文化留在这块热土上。唯有这样才能尽快地把老城文物征集上来。将我们去“找”，变为百姓的“送”。津地百姓急公好义，乡情尤浓。这做法肯定能立见功效，而且这件事本身也是一次乡情的大启动。对于我来说，再也没有启动感情的事会令我倾尽全力的了。

于是我与蔡馆长约好，明天下午三时，南开区的区长、文化局长、城建局长等一行人到我的大树画馆商议此事。我已经做好准备，要牢牢抓住这个关乎老城命运的最后一次机会。我知道在当今中国，许多文化上的事最终还得通过官员才能做到；我还清清楚楚知道，历史交给我们这一代文化人的事情是什么。

我从现在起时时都在想着明天下午三时。刚刚心血来潮，提笔写了一个条幅：

我们今天为之努力的，都是为了明天的回忆。

我们共同的日子

个人一年一度最重要的日子是生日，大家一年一度最重要的日子是节日。节日是大家共同的日子。

节日是一种纪念日，内涵却多种多样。有民族的、国家的、宗教的，比如国庆节、圣诞节等等；有某一类人如妇女、儿童、劳动者的，这便是妇女节、儿童节、母亲节、劳动节等等；也有与生产生活密切相关的，这类节日都很悠久，很早就有了一整套人们喜闻乐见、代代相传的节日习俗，这是一种传统的节日，比如，春节、中秋节、元宵节、端午节、清明节、重阳节等等，传统的节日为中华民族所共用和共享。

传统节日是在漫长的农耕时代形成的。农耕时代生产与生活、人与自然的关系十分密切。人们或为了感恩于大自然的恩赐，或为了庆祝辛苦的劳作换来的收获，或为了激发生命的活力，或为了加强人际的亲情，经过长期相互认同，最终约定俗成，渐渐把一年中某一天确定为节日，并创造了十分完整又严格的节俗，如仪式、庆典、规制、禁忌，乃至特定的游艺、装饰与食品，来把节日这天演化成一个独具内涵与情氛的迷人的日子。更重要的是，人们在每一个传统的节日里，还把共同的生活理想、人间愿望与审美追求融入节日的内涵与种种仪式中。因此，它是中华民族世间理想与生活愿望极致的表现。可以说我们的传统——精神文化传统，往往就是依靠这代代相传的一年一度的节日继承下来。

然而，自从二十世纪整个人类进入了由农耕文明向工业文明的过渡，农耕时代形成的文化传统开始瓦解。尤其是我国，在近百年由封闭走向开放的过程中，节日文化——特别是城市的节日文化受到现代文明与外来文化的冲击。当下人们已经鲜明地感受到传统节日渐行渐远，日趋淡薄，并为此产生忧虑。传统节日的淡化必然使其中蕴含的传统精神随之涣散。然而，人们并没有坐等传统的消失，主动和积极地与之应对。这充分显示了当代中国人在文化上的自觉。

近五年，随着中国民间文化遗产抢救工程的全面展开，国家非物质文化遗产名录申报工作一浪高过一浪的推行，二〇〇六年国家将每年六月的第二个周六确定为“文化遗产日”，二〇〇七年国务院又决定将春节假期前调一天，把除夕列为法定放假日，同时三个中华民族的重要节日——清明节、端午节和中秋节也法定放假。这一重大决定，表现了国家对公众的传统文化生活及其传承的重视与尊重，同时这也是保护节日文化遗产十分必要的措施。

节日不放假必然直接消解了节日文化，放假则是恢复节日传统的首要条件。但放假不等于远去的节日立即就会回到身边。节日与假日的不同是因为节日有特定的文化内容与文化形式。那么重温与恢复已经变得陌生的传统节日习俗则是必不可少的了。

千百年来，我们的祖先从生活的愿望出发，为每一个节日都创造出许许多多美丽又动人的习俗。这种愿望是理想主义的，所以节日习俗是理想的；愿望是情感化的，所以节日习俗也是情感化的；愿望是美好的，所以节日习俗是美的。人们用烟花爆竹，惊骇邪恶，迎接新年；把天上的明月化为手中甜甜的月饼，来象征人间的团圆；在严寒刚刚消退、万物复苏的早春，赶到野外去打扫墓地，告慰亡灵，表达心中的缅怀，同时戴花插柳，踏青春游，亲切地拥抱大地山川……这些诗意化的节日习俗，使我们一代代人的心灵获得了多么美好的安慰与宁静。

谁说传统的习俗全过时了？如果我们不曾知道这些习俗，就不妨去重温一下传统。重温不是模仿古人的形式，而是用心去体验传统的精神与情感。

当然，习俗是在不断变化的，但我们民族的传统精神是不变的。这传统就是对美好生活不懈的追求，对大自然的感恩与敬畏，对家庭团圆与世间和谐永恒的企望。

这便是我们节日的主题。我们为此而过节。

为周庄卖画

二十世纪九十年代初（一九九一年）冬天，我在上海美术馆举办个人画展，其间二位沪中好友吴芝麟和肖关鸿约我去远郊的周庄一游。

那时周庄尚无很大名气，以致我听了反问道：

“值得一去吗？”

二位好友眯着眼笑而不答，似是说：“那还用说。”

这眼神看来是周庄最好的广告——诱惑我去。

车子出了城还要走很长的路，随后在一片寂寞又灰暗的村落前停住。车门一开，湿凉的水汽便扑在脸上。水汽中分明还有许多极其细密、牛毛一般的水的颗粒。一股南方的柔情使我心动。

穿入一些窄巷，就是入村了。两边的房子大多关着门板，开了门的里边黑乎乎的也不见人。只有一只黑母鸡带着一群小鸡在巷子里跑来跑去地觅食。村里的人跑到哪里去了？

这天雾大。树枝、檐角、晾衣绳，到处挂着湿雾凝结成的亮晶晶的水珠。时而会有一滴凉滋滋落在头顶或脖梗，顺着后背往下滑。待到了江南水乡的生命线——那种穿村而过的小河边，竟然连河水也看不清。站在石板桥上，如在云端，四外白白的全是流烟，只听得水鸟的翅膀用力扇动浓重的雾气时扑棱棱的声音就在头上边。更奇妙的是，看不见河，却听得到船儿“吱呀呀”的摇橹声穿过脚下的石桥，声音刚在左下边，几下就到右下边去了，也像一只飞鸟。

下了桥，走进一条宽一些的街上，便能看见来来去去的人影子了。古村落的活力从来就是在这样的老街上。

那时候，周庄尚未开发，却有了一点点文化的觉醒。听芝麟说不久前，周庄刚刚度过九百岁的生日，村民们还在村口立了一块纪念碑呢。芝麟请来当地的一位文物员带领我们走街串巷，一边滔滔不绝地讲着这古村的历史，话里边带着几分自豪。不像后来的旅游向导多是取悦于游客的“买卖腔儿”了。

走进一幢老宅，从砖木的精雕细刻中始知周庄当年的殷富。谁想到文物员一介绍，这老宅竟是江南巨贾沈万山的故居，我马上感觉与周庄有了一种异样的亲切。这缘故，来自童年时心爱的一本厚厚的小人书，叫作《沈万山巧得聚宝盆》。描写心地善良的沈万山贫困交加，走投无路，一头撞向家中破墙，不料在被他撞倒的老墙里，惊现一个巨大的煌煌夺目的聚宝盆——据说是祖辈为了怕家道衰落后人受穷，秘密藏在墙中的。沈万山靠着这个聚宝盆经商发财，并用赚来的钱财济困扶危，赢得一世的赞许。且不论这小人书里有多少虚构，由于它是我儿时崇拜的画家沈曼云所画，便将这本小小的图书视同珍宝。这书一直保存到“文革”，抄家后再也找不到了。以后许多年，每次想起这本失去的书，都会生出一点点怅然，好像失去的不仅仅是这一本书。没想到这早已沉睡在记忆底层的一种情感竟在这湿漉漉而幽暗的老宅里被唤醒了。这老宅外墙的雕砖还刻着一个精巧的聚宝盆呢！

我情不自禁把这桩童年往事说给文物员听，他笑着对我说，他还能使我对沈万山印象更深一些——请我们一行吃一顿“沈家肘子”。

沈家肘子的确非同寻常。红通通、油亮亮、肥嘟嘟的大肘子端上来时，浓浓的肉香没有入口，已经先钻进鼻孔里。猪肘子有两根骨头，一根圆而粗，一根扁而细。文物员从肘子中将细骨头抽出来。这骨头又扁又长，像一柄白色的刀。拿它在肘子上轻轻一划，毫不用力，肥肥的肉便像水浪一样向两边翻卷。肘子就这样被美妙地切开了。我说就像船桨在水上一划那样。关鸿说：“划得大冯口水都出来了。”

中午过后，从沈家走出来，没几步就是河边。此刻，大雾已散。一条被两排粉墙黛瓦的小屋夹峙着的小河，弯弯曲曲伸向远方。周庄的景色真是晴时美，雾中奇——雨里呢？忽然，我注意到远远地有一座两层小楼略略凸出岸边，二层的楼外有一条短短的木梯一直通到下边的水面，那里系着一条轻盈的扁舟。我指着这远处的小楼说，不用画了，这就是画。

文物员告诉我，这座如画的小房子，被称作迷楼。当年这里是个茶馆。柳亚子的南社诸友常聚在这里活动，被人误以为这些才子叫茶馆主人的一个美丽又娇好的女儿迷住了，还闹出一些笑话来。我说："看来周庄无处无故事。"这话本该引来文物员更得意的表情，谁料他面露一丝忧愁，还叹了口气。我问他是何原因。这原因出乎我的意料！原来迷楼的主人想拆掉房子，用卖木料的钱去盖一座新房。这是此时周庄流行起来的改善生活的一种做法。很多老房子就这么拆掉了。

我一怔，马上问道："这座小楼的木料能卖多少钱？"

文物员说："三万吧。"

我便说："我来出这笔钱吧。现在正有两位台湾人在上海的画展上想买我的画。我不肯卖，但为了这座小楼我愿意卖。一会儿回上海马上就把画卖掉。咱把这迷楼留住。"

吴芝麟笑道："大冯也被这迷楼迷住了。"

我也说着笑话："茶馆老板的女儿至少也得一百岁了吧。"然后认真地对芝麟说："这房子买下来就交给你们报社吧。今后再有文人来游周庄，便请他们在楼里歇歇腿，饮点茶，吟诗作画，多好。你们就拿这些诗画布置这小楼。"文人的想法总是理想主义的。

朋友们说我这个想法极妙。当日返回上海，联系那两位台湾人，把两幅心爱的小画《落日故人情》和《遍地苏堤》卖掉，得款三万五千元，马上与周庄那位文物员联系。没想到事情不顺，过了几天才有回信。原来房主听说有人想买这座迷楼，猜到此楼不是寻常之物，马上把价钱提高到十万以上。

我一听便急了，还要再卖画，吴、肖二友对我说："这房子买不成了。等你出到十万,他会再涨价。不过你也别急,你不是怕这房子拆掉吗?这一买一不卖,反而不会拆了。”

此话有理。如此迷楼还立在周庄。

我写此文,不是说我曾经为周庄做过什么努力——我并没为周庄花一分钱的力气——真正为周庄立下不朽功勋的是阮仪三先生。但在周庄遇到的事令当时的我惊讶地看到,在经济生活的转型中,我们的精神家园竟然在不知不觉之中悄然无声地松垮了。一个看不见的时代性的文化危机深深地触动并击醒了我,使我的关注点移到这非同寻常的事情上来。由此,才有了三个月后,在宁波为了保护贺秘监祠的第一次真正的卖画捐款。

我的文化保护是从周庄为起点的。从周庄思考,从周庄行动。

细雨探花瑶

不管雨里的山路多湿滑，不管不断有人说“你别把冯先生扯倒”，老后还是紧抓着我的手往山上拉，恨不得一下子把我拉到山顶，拉进那个花团锦簇的瑶乡。这个瑶乡有个可以入诗的名字：花瑶。

花瑶，得名于这个古老的瑶族分支对衣装美的崇尚。然而，隆回县政府为花瑶正式定名却是二十世纪末的事。这和老后不无关系。

老后是人们对他的昵称。他本名叫刘启后。一位从摄影家跨越到民间文化保护领域的殉道者。我之所以用“殉道者”，不用“志愿者”这个词儿，是因为志愿多是一时一事，殉道则要付出终生。为了不让被声光化电包围着的现代社会，忘掉这个深藏在大山深处的原生态的部落，二十多年来，他从几百里以外的长沙奔波到这里，来来回回已经二百多次，有八九个春节是在瑶寨里度过的，家里存折的钱早叫他折腾光了。也许世人并不知道老后何许人，但居住在这虎形山上的六千多花瑶人却都识得这个背着相机、又矮又壮、满头花发的汉族汉子，而且没人把他当作外乡人。花瑶人还知道他们的“呜哇山歌”和“桃花刺绣”列入国家非物质文化遗产名录，老后是有功之臣，他多年收集到的大量的花瑶民歌和桃花图案派上了大用场！记得前年，老后跑到天津来找我，提着沉甸甸一书包照片。当时他从包里掏出照片的感觉极是奇异，好像忽然一团团火热而美丽的精灵往外蹿。原来照片上全是花瑶。那种闪烁在山野与田间的红黄相间火辣辣的圆帽与缤纷而抢眼的衣衫，还有种种奇风异俗，都是在别的地方绝见不到的。我还注意到一种神秘的“女儿箱”的照片。女儿箱是花瑶妇女收藏自己当年陪嫁的花裙的箱子，花裙则是花瑶女子做姑娘时精心绣制的，针针倾注对爱情灿烂的向往，件件华美无比。它通常秘不示人，只会给自己的人瞧。看来，老后早已是花瑶人真正的知己了。

老后问我：“我拉你是不是太用力了？”

我笑道：“其实我比你心还急呢。你来了多少次，我可是头一次来呵。”

这时，音乐声与歌声随着霏霏细雨，忽然从天而降。抬头望去，面前屏障似的山坡上，参天的古树下，站满了头戴火红和金黄相间的圆帽、身穿五彩花裙的花瑶女子。那种异样又神奇的感觉，真像九天仙女忽然在这里下凡了。跟着是山歌、拦门酒，又硬又香的腊肉，混在一大片笑脸中间，热烘烘冲了上来。一时，完全忘了洒在头上脸上的细雨。而此刻老后已经不再在前边拉我，而是跑到我身后边推我，他不替我挡酒挡肉，反倒帮着那些花瑶女子拿酒灌我。好像他是瑶家人。

在村口，一个头缠花格头布的老人倚树而立，这棵树至少得三个人手拉手才能抱过来。树干雄劲挺直，树冠如巨伞，树皮经雨一浇，黑亮似钢。站在树前的老人显然是在迎候我们。他在抽烟，可是雨水已经淋湿了夹在他唇缝间的半棵烟卷，烟头熄了火。我忙掏出一支烟敬他。老后对我说："这老爷子是老村长。大炼钢铁时，上边要到这儿来伐古树。老村长就召集全寨山民，每棵树前站一个人。老村长喊道：'要砍树就先砍我！'这样，成百上千年的古树便被保了下来。"

古树往往是同古村或古庙一起成长的。它是这些古村寨年龄尊贵的象征。如今这些拔地百尺的大树，益发葱茏和雄劲，好似守护着瑶乡，而这位屹立在树前的老村长不正是这些古树和古寨的守护神吗？我忙掏出打火机，给老人点燃。老人用手挡住火，表示不敢接受。我笑着对他说："您是我和老后的'师傅'呀！"

他似乎听不大懂我的话。

老后用当地的话说给他听。他笑了，接受我的"点烟"。

待入村中，渐渐天晚，该吃瑶家饭了。花瑶姑娘又来唱着歌劝酒劝吃了。她们的歌真是太好听了。听了这么好听的歌，不叫你喝酒你自己也会喝。千百年来，这些欢乐的歌就是酒的精魂。再看屋里屋外的花瑶姑娘们，全在开心地笑，没人不笑。

所有人都是参与者，没有旁观者，这便是民俗的本质。

老后更是这欢乐的激情的参与者。他又唱歌又喝酒又吃肉。唱歌的声音山响。姑娘们用筷子给他夹的一块块肉都像桃儿那么大，他从不拒绝。一时他酒兴高涨，就差跳到桌上去了。

然而，真正的高潮还是在饭后。天黑下来，小雨住了。在古树下边那块空地——实际是山间一块高高的平台上，燃起篝火，载歌载舞，这便是花瑶对来客表达热情的古老的仪式了。

亲耳听到了他们来自远古的呜哇山歌了，亲眼瞧见他们鸟飞蝶舞般的咚咚舞、“桃花裙”和“米酒甜”了，还有那天籁般的八音锣鼓。只有在这大山空阔的深谷里，在回荡着竹林气息的湿漉漉的山里，在山民有血有肉的生活中，才领略到他们文化真正的“原生态”。其他都是一种商业表演和文化作秀。人们在秋收后跳起庆丰收的舞蹈时，心中按捺不住喜悦的心情和驱邪的愿望是舞蹈的灵魂。如果把这些搬到大都市的舞台上，原发的舞蹈灵魂没了，一切的动作和表情都不过是做“丰收秀”而已，都只是自己在模仿自己。

今天有两拨人也是第一次来到花瑶的寨子里。他们不是客人，而是隆回一带草根的“文化人”。一拨人是几个来演“七江炭花舞”的老人。他们不过把吊在竹竿端头的一个铁篮子里装满火炭，便舞得火龙翻飞，漫天神奇。这种来自渔猎文明的舞蹈，天下罕见，也只有在隆回才能见到。还有一拨人，多穿绛红衣袍，神情各异，气度不凡。他们是梅山教的巫师，都是老后结交的好友。几天前老后用手机发了短信，说我要来。他们平日人在各地，此时一聚，竟有五十余人。诸师公没有施法演示那种神灵显现而匪夷莫思的巫术，只表演一些武术和硬软气功，就已显出个个身手不凡，称得上民间的奇人或异人。

花瑶的篝火晚会在深夜中结束。

在我的兴高采烈中，老后却说："最遗憾的是您还没看到花瑶的婚俗，见识他们'打泥巴'，用泥巴把媒公从头到脚打成泥人。那种风俗太刺激了，别的任何地方也没有。"

我笑道："我没看见什么，你夸什么。"

老后说："我是想叫你看呀。"

我说："我当然知道。你还想让天下的人都来见识见识花瑶！"

这话叫周围的人大笑。笑声中自然有对老后的赞美。

如果每一种遗产都有一个"老后"这样的人守着它多好！

废墟里钻出的绿枝

车子驶入绵竹，这里好像刚打过一场惨烈的战争。零星的炮声——余震还时有发生。到处残垣断壁，瓦砾成堆，大楼的残骸狰狞万状。多么强烈的地动山摇，能够把一座座钢筋水泥建筑摇得如此粉碎？由车窗透进来的一种气味极其古怪，灭菌剂刺鼻的气息中还混着酒香。一问才知，剑南春酒厂的老酒缸全碎了。存藏了上百年、价值几亿元的陈年老酒全部化成气体无形地飘散在震后犹然紧张的空气里。

这使我想起五年前来考察绵竹年画时，参观过剑南春酒厂。那次，我是先在云南大理为那里的木版甲马召开专家普查工作的启动会，旋即来到绵竹。绵竹不愧是西部年画的魁首。它于浑朴和儒雅中彰显出一种辣性，此风唯其独有。绵竹人颇爱自己的乡土艺术。那时已拥有一座专门的年画博物馆了，珍藏着许多古版年画的珍品。其中一幅《骑车仕女》和一对“填水脚”的《副扬鞭》令我倾倒。前一幅画着一位模样清秀、衣穿旗袍、头戴瓜皮帽的民国时期的女子，骑一辆时髦的自行车，车把竟是一条金龙。此画所表达的既追求时尚又执着于传统的精神，显示出那个变革的时代绵竹人的文化立场。后一幅是“填水脚”的《副扬鞭》，“副扬鞭”是指一对门神，“填水脚”是绵竹年画特有的画法。每逢春节将至，画工们做完作坊的活计，利用残纸剩色，草草涂抹几对门神，拿到市场换些小钱，好回家过年。谁料无意中却将绵竹画工高超的技艺表现出来。简练粗犷，泼辣豪放，生动传神。这一来，“填水脚”反倒成了绵竹年画特有的名品。记得我连连赞美这幅清代老画《副扬鞭》是“民间的八大”呢！

那次在绵竹还做了几件挺重要的事：去探望年画老艺人，召开绵竹年画普查专家论证会。这样，对绵竹地区年画遗产地毯式的普查便开始了。普查做得周密又认真，成果被列入国家级文化工程《中国木版年画集成·绵竹卷》。其间，中国民协还将绵竹评为“中国木版年画之乡”。这来来回回就与绵竹的关系愈扯愈近。

大地震发生时，我人在斯洛文尼亚，听说震中在汶川，立即想到了绵竹，赶紧打电话询问年画博物馆和老艺人有没有问题，并叫基金会设法送些钱去。那期间，震区如战场，联系很困难，各种好消息坏消息都有，说不上哪个更可靠。回国后，便从四川省民协那里得知年画博物馆震成危楼，没有垮塌，两位最重要的老艺人都幸免于难。但一个画乡棚花村已被夷为平地。更具体和更确凿的情况到底怎样呢？

这次奔赴灾区，首先是到遵道镇的棚花村。站在村子中央，环顾四方，心中一片冰冷。整个村庄看不到一堵完整的墙。只有遍地的废墟和瓦砾，一些印着“救灾”二字的深蓝色小帐篷夹杂其间。村中百户人家，罹难十人。震后已有些天，村民心情渐渐平静下来，开始忙着从废墟里寻找有用的家当，但没人提年画的事。人活着，衣食住行是首要的，画画的事还远着的。

茫然中想到，最要紧的是要去看另外两个地方：一是年画博物馆，看看历史是否保存完好；二是看看两位重要的年画传承人——老艺人现况到底如何。

年画博物馆白色的大楼已经震损。楼上的一角垮落下来，外墙布满裂缝。馆长胡光葵看着我惊愕的表情说：“里面的画基本上都是好好的，没震坏。”他这句话是安慰我。我问他：“可以进去看看吗？”眼见为实，只有看到真的没事才会放心。

打开楼门，里边好像被炸弹炸过，满地是大片的墙皮、砖块和碎玻璃，可怕的裂缝随处可见，有的墙壁明显已经震酥了。但墙上的画，尤其前五年看过而记忆犹新的那些画，都像老朋友似的贴着墙排成一排，一幅幅上来亲切地欢迎我。又见到《骑车仕女》和那对“填水脚”的《副扬鞭》了，只是玻璃镜面蒙上些灰土，其他一切，完好如昨。我高兴地和这些老相识一一“合影留念”，然后随胡馆长去看“古画版库”。打开仓库厚厚的铁门，里边两百多块古画版整齐地立在木架上，毫发未损。看到这些在大难中奇迹般地完好无缺的遗存，我的心熠熠地透出光来。

当我走进老艺人居住的孝德镇的射箭台村，心中的光愈来愈亮。当今绵竹最具代表性的两位老艺人，一位是李芳福，今年八十五岁。上次来绵竹还在他家听他唱关于年画《二十四孝》的歌呢。他的画风古朴深厚、刚劲有力，在绵竹享有北派宗师的盛名。地震时他在五福乡的老宅子被震垮了，现在给儿子接到湖南避灾，人是肯定没事的，灾后一准回来。另一位是南派大师陈兴才，年岁更长些，人近九十，身体却很硬朗。我见到老人便问："怕吗？"他很精神地一挺腰板说："怕什么，不怕。"大家笑了。他的画风儒雅醇厚，色彩秀丽，多画小幅，鲜活喜人。这几年，当地重视民间艺术，老人搬进一座新建的四合院。青瓦红柱，油漆彩画，当然都是自家画的。房子很结实，陈氏一家现在还住在房内。北房左间是陈兴才的画室；右间里儿子陈云禄正在印画；东厢房也是作画的作坊，陈兴才的孙子和邻家的女孩子都在紧张地施彩设色。这些天，全国各地来救灾或采访的，离开绵竹时都要带上两三幅年画作为纪念，需求量很大，在绵竹市大街上还有人支设帐篷卖年画呢。绵竹年画反变得更有名气。

如今陈家已是四世同堂。两岁的重孙儿在画坊里跑来跑去，时不时也去伸手抓画案上的毛笔，他将来也一定是绵竹年画的传人吧。

我说："只要历史遗存还在——根还在，杰出的艺人和传人还在——传承在继续，绵竹年画的未来应该没有问题。"

民间艺术生在民间。民间是民间文化生命的土地。只要大地不灭，艺术生命一定会顽强地复兴的。

在受灾最重的汉旺镇那几条完全倾覆的大街上考察时，我端着相机不断把发现的细节摄入镜头。比如挂在树顶上的裤子、死角中一辆侥幸完好的汽车、齐刷刷被什么利器切断的一双运动鞋、带血的布娃娃、一盘被砸碎的《结婚进行曲》的录音磁带和被纠结在一团钢筋中大红色的胸罩，时间正好定格在下午两点二十八分的挂钟……忽然我看到从废墟一堆沉重又粗硬的建筑碎块中钻出来一根枝条，上边新生出许多新叶新芽，新芽方吐之时隐隐发红，好似带血，渐而变绿，生意盈盈，继之油亮光鲜，茁壮和旺盛起来。它忽地唤起我刚刚在射箭台村陈家画坊中的那种感受，心中激情随之涌起，不自禁一按快门，咔嚓一声，记录下这一倔强而动人的生命景象。

羌去何处?

羌，一个古老的文字，一个古老民族的族姓，早已渐渐变得很陌生了，最近却频频出现于报端。这因为，它处在惊天动地的汶川大地震的中心。

羌字被古文字学家解释为“羊”字与“人”字的组合，因称他们为“西戎的牧羊人”。在典籍扑朔迷离的记述中，还可找到羌与大禹以及发明了农具的神农氏的血缘关系。

这个有着三千年以上历史、衍生过不少民族的羌，被费孝通先生称之为“一个向外输血的民族”，曾经为中华文明史做出过杰出贡献。但如今只有三十万人，散布在北川一带白云迷漫的高山深谷中。他们居住的山寨被称作“云朵上的村寨”。然而这次他们主要聚居的阿坝州汶川、茂县、理县和绵阳的北川，都成了大灾难中悲剧的主角。除去少数一千羌民远居在贵州省铜仁地区之外，其他所有羌民几乎全是灾民。

古老的民族总是在文化上显示它的魅力与神秘。羌族的人虽少，但在民俗节日、口头文学、音乐舞蹈、工艺美术、服装饮食，以及民居建筑方面有自己完整而独特的一套。他们悠长而幽怨的羌笛声令人想起唐代的古诗；他们神奇的索桥与碉楼，都与久远的传说紧紧相伴；他们的羌绣浓重而华美，他们的羊皮鼓舞雄劲又豪壮，他们的释比戏《羌戈大战》和民俗节日“瓦尔俄足节”带着文化活化石的意味……而这些都与他们长久以来置身其中的美丽的山水树石融合成一个文化的整体了。近些年，两次公布的国家非物质文化遗产名录已经把其中六项极珍贵的民俗与艺术列在其中。中国民协根据这里有关大禹的传说遗迹与祭奠仪式，还将北川命名为“大禹文化之乡”。

在这次探望震毁的北川县城的路上，到处是大大小小的飞石，树木东倒西歪，却居然看到道边神气十足地竖着这样一块大禹文化之乡的牌子，可是羌族唯一的自治县的“首府”——北川已然化为一片惨不忍睹的废墟。

二十天前北川县城就已经封城了。城内了无人迹，连鸟儿的影子也不见，全然一座死城。湿润的空气里飘着很浓的杀菌剂的气味。我们凭着一张“特别通行证”，才被准予穿过黑衣特警严密把守的关卡。

站在县城前的山坡高处，那位靠着偶然而侥幸活下来的北川县文化局长，手指着县城中央堆积的近百米滑落的山体说，多年来专心从事羌文化研究的六位文化馆馆员、四十余位正在举行诗歌朗诵的“禹风诗社”的诗人、数百件珍贵的羌文化文物、大量田野考察而尚未整理好的宝贵的资料，全部埋葬其中。

我的心陡然变得很冲动。志愿研究民族民间文化的学者本来就少而又少，但这一次，这些第一线的羌文化专家全部罹难，这是全军覆没呀。

我们专家调查小组的一行人，站成一排，朝着那个巨大的百米“坟墓”，肃立默哀。为同行，为同志，为死难的羌民及其消亡的文化。

大地震遇难的羌民共三万，占民族总数的十分之一。

在擂鼓镇、板凳桥，以及绵阳内外各地灾民安置点走一走，更是忧虑重重。这里的灾民世代都居住在大山里边，但如今村寨多已震损乃至震毁。著名的羌寨如桃坪寨、布瓦寨、龙溪川、通化寨、木卡寨、黑虎寨、三龙寨等等都受到重创。被称作“羌族第一寨”的萝卜寨已夷为平地。治水英雄大禹的出生地禹里乡如今竟葬身在堰塞冰冷的湖底。这些羌民日后还会重返家园吗？通往他们那些两千米以上山村的路还会是安全的吗？村寨周边那些被大地震摇散了的山体能够让他们放心地居住吗？如果不行，必须迁徙。积淀了上千年的村寨文化不注定要瓦解吗？

在久远的传衍中，这个山地民族的自然崇拜和生活文化都与他们相濡以沫的山川紧切相关。文化构成的元素都是在形成过程中特定的，很难替换。他们如何在全新的环境找回历史的生态与文化的灵魂？如果找不回来，那些歌舞音乐不就徒具形骸，只剩下旅游化的表演了？

在擂鼓镇采访安置点的羌民时，一些羌民知道我们来了，穿着美丽的羌服，相互拉着手为我们跳起欢快的萨朗舞来。我对他们说：“你们受了那么大的灾难，还为我们跳舞，跳这么美，我们心里都流泪了。当然你们的乐观与坚强，令我们钦佩。我们一定帮助你们把你们民族的文化传承下去……”

不管怎么说，这次地震对羌族文化都是一次毁灭性的打击。它使羌族的文化大伤元气。这是不能回避的。在人类史上，还有哪个民族受到过这样全面颠覆性的破坏，恐怕没有先例。这对于我们的文化遗产保护工作，无疑是一个巨大的难题。

可是，总不能坐待一个古老的兄弟民族的文化在眼前渐渐消失。于是，这一阵子文化界紧锣密鼓，一拨拨人奔赴灾区进行调研，思谋对策和良策。

马上要做的是对羌族聚居地的文化受灾情况进行全面调查。首先要摸清各类民俗和文学艺术及其传承人的灾后状况，分级编入名录，给予资助，并创造传承条件，使其传宗接代。同时，对于地质和环境安全的村寨，经过重新修建后，应同意原住民回迁，总要保留一些原生态的村落——当然前提是安全！还有一件事是必做不可的，就是将散落各处的羌族文化资料汇编为集成性文献，为这个没有文字的民族建立可以传之后世的文化档案。

接下来是易地重建羌民聚居地时，必须注意注入羌族文化的特性元素；要建立能够举行民俗节日和祭典的文化空间；羌族子弟的学校要加设民族传统文化教育的课程，以利其文化的传承；像北川、茂县、汶川和理县都应修建羌族文化博物馆，将那些容易失散、失不再来的具有深远的历史和文化记忆的民俗文物收藏并展示出来……说到这里，我忽想做了这些就够了吗？想到震前的昨天灿烂又迷人的羌文化，我的心变得悲哀和茫然。恍惚中好像看到一个穿着羌服的老者正在走去的背影，如果朝他大呼一声，他会无限美好地回转过身来吗？

草原深处的剪花娘子

车子驶出呼和浩特一直向南，向南，直到车前的挡风玻璃上出现一片连绵起伏、其势凶险的山影，那便是当年晋人“走西口”去往塞外的必经之地——杀虎口。不能再往南了，否则要开进山西了，于是打轮向左，从一片广袤的大草地渐渐走进低缓的丘陵地带。草原上的丘陵实际上是些隆起的草地，一些窑洞深深嵌在这草坡下边。看到这些窑洞我激动起来，我知道一些天才的剪花娘子就藏在这片荒僻的大地深处。

这里就是出名的和林格尔。几年前，一位来自和林格尔的蒙古族人跑到天津请我为他们的剪纸之乡题字时，头一次见到这里的剪纸，尤其是一位百岁剪纸老人张笑花的作品，即刻受到一种酣畅的审美震撼，一种率真而质朴的天性的感染。为此，我们邀请和林格尔剪纸艺术的后起之秀兼学者段建珺先主持这里剪纸的田野普查，着手建立文化档案。昨天，在北京开会后，驰车到达呼和浩特的当晚，段建珺就来访，并把他在和林格尔草原上收集到的数千幅剪纸放在手推车上推进我的房间。

在民间的快乐总是不期而至。谁料到在这浩如烟海的剪纸里会撞上一位剪花娘子极其神奇、叫我眼睛一亮的作品。这位剪纸娘子不是张笑花，张笑花已于去年辞世。然而老实说，她比张笑花老人的剪纸更粗犷、更简朴，更具草原气息，特别是那种强烈的生命感及其快乐的天性一下子便把我征服。民间艺术是直观的，不需要煞费苦心的解读，它是生命之花，真率地表现着生命的情感与光鲜。我注意到，她的剪纸很少有故事性的历史内容，只在一些风俗剪纸中赋予一些意味，其余全是牛马羊鸡狗兔鸟鱼花树蔬果以及农家生产生活等身边最寻常的事物。那么它们因何具有如此强大的艺术冲击力？于是这位不知名的剪花娘子像谜一样叫我去猜想。

再看，她的剪纸很特别，有点像欧洲十八、十九世纪盛行的剪影。这种剪影中间很少镂空，整体性强，基本上靠着轮廓来表现事物的特征，所以欧洲的剪影多是写实的。然而，这位和林格尔的剪花娘子在轮廓上并不追求写实的准确性，而是使用夸张、写意、变形、想象，使物象生动浪漫，其妙无穷。再加上极度的简约与形式感，她的剪纸反倒有一种现代意味呢。

“她每一个图样都可以印在T恤衫或茶具上，保准特别美！”与我同来的一位从事平面设计的艺术家说。

这位剪花娘子到底是怎样一个人？她是生活在文化比较开放的县城，还是常看电视？不然草原上的一位妇女怎么会有如此高超的审美与现代精神？这些想法，迫使我非要去拜访这位不可思议的剪花娘子不可。

车子走着走着，便发现这位剪花娘子竟然住在草原深处的很荒凉的一片丘陵地带。她的家在一个叫羊群沟的地方。头天下过一场雨，道路泥泞，无法进去，段建珺便把她接到挨近公路的大红城乡三犋夭子村远房的妹妹家。这家也住在窑洞里，外边一道干打垒筑成的土院墙，拱形的窑洞低矮又亲切。其实，这种窑洞与山西的窑洞大同小异。不同的是，山西的窑洞是从厚厚的黄土山壁上挖出来的，草原的窑洞则是在突起的草坡下掏出来的，自然也就没有山西的窑洞高大。可是低头往窑洞里一钻即刻有一种安全又温馨的感觉，并置身于这块土地特有的生活中。

剪花娘子一眼看去就是位健朗的乡间老太太。瘦高的身子，大手大脚，七十多岁，名叫康枝儿，山西忻州人。她和这里许多乡村妇女一样是随夫迁往或嫁到草原上来的。她的模样一看就是山西人，脸上的皮肤却给草原上常年毫无遮拦的干燥的风吹得又硬又亮。她一手剪纸是自小在山西时从她姥爷那里学来的。那是一种地道的晋地的乡土风格，然而经过半个世纪漫长的草原生涯，和林格尔独有的气质便不知不觉潜入她手里的剪刀中。

和林格尔地处北方游牧文化与中原农耕文化的交会处。在大草原上，无论是匈奴鲜卑还是契丹和蒙族，都有以雕镂金属皮革为饰的传统。当迁徙到塞外的内地民族把纸质的剪纸带进草原，这里的浩瀚无涯的天地，马背上奔放彪悍的生活，伴随豪饮的炽烈的情感，不拘小节的爽直的集体性格，就渐渐把来自中原剪纸的灵魂置换出去。但谁想到，这数百年成就了和林格尔剪纸艺术的历史过程，竟神奇地浓缩到这位剪花娘子康枝儿的身上。

她盘腿坐在炕上。手中的剪刀是平时用来裁衣剪布的，粗大沉重，足有一尺长，看上去像铆在一起的两把杀牛刀。然而这样一件“重型武器”在她手中却变得格外灵巧。一叠裁成方块状普普通通的大红纸放在身边。她想起什么或说起什么，顺手就从身边抓起一张红纸剪起来。她剪的都是她熟悉的，或是她想象的，而熟悉的也加进自己的想象。她不用笔在纸上打稿，也不熏样。所有形象好像都在纸上或剪刀中，其实是在她心里。她边剪边聊生活的闲话，也聊她手中一点点剪出的事物。当一位同来的伙伴说自己属羊，请她剪一只羊，她笑嘻嘻打趣说：“母羊呀骚胡？”眼看着一头垂着奶子、眯着小眼的母羊就从她的大剪刀中活脱脱地“走”出来。看得出来，在剪纸过程中，她最留心的是这些剪纸生命表现在轮廓上的形态、姿态和神态。她不用剪纸中最常见的锯齿纹，不刻意也不雕琢，最多用几个“月牙儿”（月牙纹），表现眼睛呀、嘴巴呀、层次呀，好给大块的纸透透气儿。她的简练达到极致，似乎像马蒂斯那样只留住生命的躯干，不要任何枝节。于是她剪刀下的生命都是原始的、本质的、膨脝又结实，充溢着张力。横亘在内蒙古草原上数百公里的远古人的阴山岩画，都是这样表现生命的。

她边聊边剪边说笑话，不多时候，剪出的各种形象已经放满她的周围。这时，一个很怪异的形象在她的笨重的剪刀中出现了。拿过一看，竟是一只大鸟，瞪着双眼向前飞，中间很大一个头，却没有身子和翅膀，只有几根粗大又柔软的羽毛有力地扇着空气。诡谲又生动，好似一个强大的生命或神灵从远古飞到今天。我问她为什么剪出这样一只鸟。她却反问我："还能咋样？"

于是她心中特有的生命精神和美感，叫我感觉到了。她没有像我们都市中的大艺术家们搜索枯肠去变形变态，刻意制造出各种怪头怪脸设法"惊世骇俗"。她的艺术生命是天生的、自然的、本质的，也是不可思议的。这生命的神奇来自她的天性。她们不想在市场上创造价格奇迹，更不懂得利用媒体，千古以来，一直都是把这些随手又随心剪出的活脱脱的形象贴在炕边的墙壁或窑洞的墙上，自娱或娱人。没有市场霸权制约的艺术才是真正自由的艺术。这不就是民间艺术的魅力吗？她们不就是真正的艺术天才吗？

然而，这些天才散布并埋没在大地山川之间。就像契诃夫在《草原》所写的那些无名的野草野花，它们天天创造着生命的奇迹和无尽的美，却不为人知，一代一代，默默地生长、开放与消亡。那么，到了农耕文明在历史大舞台的演出接近尾声时，我们只是等待着大幕垂落吗？在我们对她们一无所知时就忘却她们？我的车子渐渐离开这草原深处，离开这些真正默默无闻的人间天才，我心里的决定却愈来愈坚决：为这草原上的剪花娘子康枝儿印一本画册，让更多人看到她、知道她。一定！

大雪入绛州

在禹州考察完钧瓷古窑出来，雪花纷纷扬扬，扑面而来，这雪花又大又密，打在脸上有种颗粒感。按计划要取道郑州和洛阳而西，经三门峡逾黄河北上，去新绛考察那里的年画。现今全国的十七个主要的年画产地中，就剩下晋南新绛一带的年画的普查还没有启动。晋南年画历史甚久，现存最早的年画就出自北宋时代晋南的平阳（临汾）。这一带很多地方都产年画。除去临汾，新绛和襄汾也是主要的产地。八十年代末我在京津一带的古玩市场曾买到过一些新绛的古画版。历史最久的一块画版《和合二仙》应是明代的。这表明新绛的年画遗存在二十年前就开始流失了。它原有的历史规模究竟如何，目前状况怎样，有无活态的存在，心中毫无底数。是不是早叫古董贩子全折腾一空了？

车子行到豫西，没想到雪这么大，还在河南境内就遇到严重的塞车。大量的重型载重卡车夹裹着各色小车像漫无尽头的长龙，一动不动地趴在公路上。所有车顶都蒙着厚厚的白雪，至少堵了一天了吧。我们想出各种办法打算绕过这一带的塞车，但所有的国道和小路也全都堵得死死的。在大雪里我们不懈地奋斗到天黑，又冷又饿，直把所有希望都变成绝望，才不得已滞留在新安县一家旅店中。不知何故，这家旅店夜间不供暖气，在冰冷的被窝里我给同来的助手发了一条短信："我有点盯不住了，再找机会去绛州吧！"然而，清晨起来新绛那边派人过来，居然还弄来一辆公路警车，说山西那边过来的路还通，要我跟他们呛着道儿去山西。盛情难却，只好顶着风雪也顶着迎面飞驰而来的车辆，逆行北上，车子行了五个小时总算到了新绛。

用餐时，当地主人要我先不去看年画，先去看光村。光村的大名早就听到过。还知道北齐时这村子忽生异光，因名光村。主人说，你只要去了就不会后悔，村里到处扔着极精美的石雕，还有一座宋代的小庙福胜寺，里边的泥彩塑是宋金时代的呢。我明白，他们想叫我们看看光村有没有保护价值，怎么保护和开发。而今年春天我们就要启动全国古村落的普查，听说有这样好的村落，自然急不可待要去，完全忘了脚底板已经快冻成"冰板"了。

雪里的光村有种奇异的美。但我想，如果没有雪，它一定像废墟一样破败不堪。然而此刻，洁白的雪像一张巨毯把遍地的瓦砾全遮挡起来，连残垣断壁也镶了一圈白绒绒的雪，只有砖雕、木拱和雀替从中露出它们历尽沧桑而依然典雅又苍劲的面孔。令我惊讶的是，千形百态精美的石雕柱础随处可见。还有不少石础被雪盖着，看不见它的真容，却能看见它一个个白皑皑、神秘而优美的形态。它们原是各类大型建筑坚实又华贵的足，现在那些建筑不翼而飞，只剩下这些石础丢了满地。光村原有几户颇具规模的宅院，从残余的一些楼宇中可见其昔日的繁华并不逊色于晋中那些大院。但如今损毁大半，而且毫无保护措施。连村中那座被列为国家文物保护单位福胜寺中的宋金泥塑，也只是用塑料遮挡起来罢了。我心里有些发急，抢救和保护都是迫在眉睫了。根据光村的现状，我建议他们学习晋中王家大院和常家庄园在修复时所采用的将散落的古民居集中保护的“民居博物馆”的方式。但这需要请相关专家进一步论证，当务急需的是不叫古董贩子再来“淘宝”了。因为刚刚从村民口中得知最近还有一些石雕的柱础与门狮被贩子买去了。近二十年来，那些懂得建筑文化的建筑师大多在城里为开发商设计新楼，经常关心这些古建筑艺术的却是不辞劳苦和络绎不绝的古董贩子们，这些古村落不毁才怪呢。

从光村回到新绛县城后，这里的鼓乐团的团长听说我来新绛，特意在一座学校的礼堂演一场“绛州鼓乐”给我们看。绛州鼓乐我心仪已久。开场的“杨门女将”就叫我热血沸腾，十几位杨氏女杰执槌击鼓，震天动地。一瞬间把没有暖气的礼堂中的凛冽的寒气驱得四散。跟下来每一场演出都叫人不住喊好。演出的青年人有的是当地的专业演员，有的是艺校学员。应该说这里鼓乐的保护与弘扬做得相当有眼光也有办法。他们一边把这一遗产引入学校教育，从娃娃开始，这就使“传承”落到实处；另一边将鼓乐投入市场，这也是促使它活下来的一种重要方式。目前这个鼓乐团已经在市场立住脚跟，并且远涉重洋，到不少国家一展风采。演出后我约鼓乐团的团长聊一聊，团长是位行家，懂得保护好历史文化的原汁原味，又善于市场操作。倘若没有这样一位行家，绛州古乐会成什么样？由此联想到光村，光村要是有这样一位古建方面的行家会多好呵！

相比之下，新绛的年画也是问题多多。

转天一早，当地的文化部门将他们保存的新绛年画的古版与老画摆满一间很大的屋子。单是古版就有近二百块。先前，新绛的年画见过一些，但总觉得它是古平阳年画的一个分支，比较零散。这次所见令我吃惊。不单门神、戏曲、风俗、婴戏、美人、传说等各类题材，以及贡笺、条幅、横披、灯画、桌裙、墙纸、拂尘纸、对子纸等各种体裁应有尽有，至于套版、手绘、半印半绘等各类制作手法也一应俱全。其中一种门神是《三国演义》中的赵云，怀里露出一个孩童——阿斗光溜溜的小脑袋，显然这门神具有保护儿童的含意。还有一块《五老观太极》的线版，先前不曾所见，应是时代久远之作。特别是十几幅美人图，尺寸很大，所绘人物典雅端庄，衣饰华美，线条流畅又精致，与杨柳青年画的“美人”有着鲜明的地域差异，富于晋商辉煌年代的华贵气质和中原文明的庄重之感。看画时，当地负责人还请来两位当地的年画老艺人做讲解。经与他们一聊，二位艺人都是地道的传人。所谈内容全是“口头记忆”，分明是十分有价值的年画财富，对其普查——尤其是口述史调查需要尽快来做的了。只有把新绛年画普查清楚，才能彻底理清晋南年画这宗重要的文化遗产。可是谁来做呢？当地没有专门从事年画研究的学者，没有绛州古乐团的团长那样的人物，正为此，至今它还是像遗珠一般散落在大地上。这也是很多地方文化遗产至今尚未摸清和整理出来的真正缘故。而一些宝贵的文化遗产在无人问津之时就已经消失了。

雪下得愈来愈大，高速公路已经封了。原计划在下一站去介休考察清明文化已经无法成行。在回程的列车上，我的心里真是五味杂陈。三晋大地文化遗存之深厚之灿烂令我惊叹，但这些遗存遍地飘零并急速消失又令人痛惜与焦急。几年来我们几乎天天为一个问题而焦虑：从哪里去找那么多救援者和志愿者？到底是我们的文化太多了，专家太少了，还是专家中的志愿者太少了？

我望窗外，外边的原野被严严实实、无声地覆盖着一片冰雪。

晋地三忧

俗话常说，地下文物看陕西，地上文物看山西。在山西一转，果然没有虚传。倘在北京，指某一老屋，说是建自大明，必然令人愕然，并视作珍宝；但在山西，那些随处可见的古寺古塔，一问便是唐宋！

也许真的是好东西太多，不当作宝。近几年，山西的文物充斥全国的古物市场，文物离开了它的“出生地”，便失去了一半的意义。这真叫人忧虑。那么留在山西的文物的境况如何？跑到山西看看，忧心更重。尤使我所忧的乃是如下三处：

一、资寿寺的壁画脱落在即

资寿寺坐落在晋中灵石县。由于寺中十八个明塑罗汉头被盗而流落海外，后经台湾陈永泰先生重金买下，送归故里，重敷金身，资寿寺因之名噪天下。如今这些罗汉可谓“大难不死，必有后福”，寺中的守卫不再是那两位因耳聋而听不到锯佛头声音的老人，而是换上了几个耳聪目明、精力十足的年轻人。罗汉堂的屋角还安装了红外线报警器，有了“特护”，足以使人心安。

可是大雄宝殿和药师殿的几面巨幅的壁画却处境不妙，前景堪忧。

依我看，资寿寺的壁画有极高的艺术水准，在我国现存的明代壁画中应属上品。在风格上，一边明显地带着唐代接受外来影响的痕迹，一边具有强烈的本土化的中原风格。大雄宝殿西壁的壁画为工笔重彩画法，富丽华贵，严谨庄重。左下角的护法神为关公。这种将民间崇拜的关公融入佛天之中的画面，极为罕见。大概与关公是山西解州人而备受晋人尊崇有关。壁画的线描精准而流畅，线条有粗细的变化，应比芮城永乐宫的壁画更具表现力。大殿东壁壁画在风格上就不同了，它明显地出自另一位画工之手。这位画工还画了药师殿的壁画。他技艺超群，用笔十分精熟老到，行笔的速度很快，奔放之中极有神韵，几十平方米的壁画好似一气呵成，却毫无轻率之感。而且设色很淡，线条很突出，全幅画几乎是用线结构而成的。其线条的能力可想而知。即令是明代画坛上那些大家，有几位能有这位民间画工如此扛鼎的笔力?

然而，这些极其宝贵的壁画已经开始起甲和酥碱。大雄宝殿东西两壁壁画的酥碱处，显然已经无可救药。起甲之处，随处可见。用手指一碰，便可剥落下来。在靠墙的香案上可以看到许多剥落下来的粉末与带着色彩的碎渣。药师殿壁画受潮情况更重一些。墙壁上可见一大片依然含水的湿迹。西壁的一角已然大片大片地膨起，完全离开墙体，倘若受到震动，或者再经过几次夏胀冬缩，必然会脱落下来。

尤为叫人心忧的是，寺中对这些壁画的病害没有任何治理措施，任凭生老病死和自然消损。我对寺中人员说，可以向敦煌研究院去求援，他们有治理壁画病害的比较先进的办法与技术。寺中人员面带困惑，显然他们是无力解决的，那么谁来挽救这病入膏肓的国宝级的壁画？非要等着哪一天壁画也被盗，成为一个事件，再来应对地加以保护吗？

二、应县木塔不能再上人了

看过应县木塔，我心里最想说的话，就是这一句：木塔绝对不能再上人了！

早就从媒体上获知，这座辽代木制的宝塔一如比萨塔，已经倾斜，因受世人之担忧。但到了应县木塔上一看，比料想的境况糟得多。

虽然木塔的倾斜已久，但近几年变得明显加快。几年来，倾斜度加大了六十多度。现在，五层木塔（不算暗层）对外开放到第三层。就这三层来看，笔直而立的木柱已经不多。有的斜得吓人。梁柱与斗拱之间插接的木榫有的已经完全脱开。此塔是层层叠加，没有穿层的大柱。故而，整座塔的倾斜分成三截，中层向右，上层向左。这就给治理造成极大的困难。故而，治理方案一直没有确定下来。有的主张落架重建，有的主张用吊悬的方式分段调整与加固。现在所做的只是专家们对其险情随时进行监测而已。

在方案没确定之前怎么办？也就是在尚无治疗方案之前，怎样对待这位病体垂危的“老人”？

现在每天上塔的游客，少至一百，多至数百，旅游季节游客如云。虽然管理部门限制每次同时上塔者不能超过三十位，但依我观察毫不严格。塔大人杂，对进塔和出塔很难有效地控制。但每一位游客都会给病塔增加一百多斤的负荷。人们来回走动，还会产生震动，对病塔造成进一步伤害。我发现有的楼板踩上去已经有些颤动。可是有的游人在上面故意颠动双腿，试试楼板是否结实。因此游人上去，只能增加人为破坏的可能。木塔的每一层，至多只有一个看守者。如此力度如何能捍卫这座巨大而罕世的千年宝塔？更不用说，每一层还都有极为精美的辽塑！万一坍塌，损失无可估量！

但可能出现的事就摆在我们面前——反正这塔，无论如何也不能再上人了！

但是，一旦谢绝参观，一笔不算少的门票收入从何而来？门票一张三十元，一天至少几千元，谁来解决？

三、悬空寺的古佛伸手可摸

在悬空寺那些搭在绝壁上的木栈道上，小心翼翼地上上下下时，一边钦佩古人的奇思妙想，一边对古人心怀愧疚——我们这些不肖子孙把你们天才的创造糟蹋成了何种模样！

这座始建于北魏的奇寺，由于身挂悬壁，各个殿堂都十分狭小。里边供奉的神佛就在眼前。悬空寺是一座佛道相融而并存的寺庙，神佛形象十分丰富，而且唐宋以来几代的塑像都有，并多为泥塑，甚是珍贵。有的虽经后代彩绘，其筋骨与神韵仍不失原貌。可是寺中对这些神佛基本上没有保护，游人进入这只有两米进深的殿堂后，塑像就在眼前，伸手便可触摸。游人出于好奇，动手摸头摸脸，寺中又根本无人看管，故而许多塑像的脸颊、鼻尖、额头、嘴唇，全摸得污黑。还有的游客对神佛的琉璃眼珠有兴趣，一些塑像的眼皮都被抠破。一座号称“国家级重点保护单位”的古寺，哪里还有尊严可言？简直是游客登梯爬高，“玩玩心跳”的娱乐场！

更可悲的是，悬空寺的另一边，竟然新修了一条水泥栈道，依靠扶搖而上，中间还要穿过一张俗不可耐的巨大的黄色龙嘴，其终点居然也是一个架在崖壁上的红色仿古楼殿。原来这是个新建的旅游景点，而且绝对高度还高居在悬空寺之上。这样一比，悬空寺便黯然失色，哪还称得上什么“中华一绝”，我们古人的智能不太“小儿科”了吗？

世界上哪里还会这样糟蹋自己的文化？

当然，这不是文物部门干的，而是一些非文化的单位修造的用来赚钱的旅游景点。

把高贵的历史文化降低为世俗玩物，是“旅游性破坏”的一种本质。

那么，这种事应该谁管？还是根本无人来管？

写到此处，由忧转愤，担心愤极失言，赶紧停笔住口。住口之前，还要说一句，赶快救救这些国宝吧！这样的国宝已经不多了！

一个古画乡的临终抢救

临终抢救是医学用语，但在文化上却是一个刚刚冒出来的新词儿，这表明我们的文化遗产又遇到了新麻烦。

何止是新麻烦，而且是大麻烦。

十多年来，我们纵入田野，去发现和认定濒危的遗产，再把它整理好并加以保护。可是这样的抢救和保护的方式，现在开始变得不中用了——因为城镇化开始了。

谁料到城镇化浪潮竟会像海啸一般卷地而来。在这迅猛的、急切的、愈演愈烈的浪潮中，是平房改造，并村，土地置换，农民迁徙到城镇，丢弃农具，卖掉牲畜，入住楼房，彻底告别农耕，然后是用推土机夷平村落……那么，原先村落中那些历史记忆、生活习俗、种种民间文化呢？一定是随风而去，荡然无存。

这是数千年农耕文化从未遇过的一种“突然死亡”。农村没了，文化何有？皮之不存，毛将焉附？无皮之毛，焉能久存？

刚刚整理好的非遗，又面临危机。何止危机，一下子就鸡飞蛋打了。

那么原先由政府相关部门确定下来的古村落呢？

只剩下一条存在的理由：可资旅游。很少有人把它作为一种历史见证和文化财富留着它，更很少有人把它作为文化载体留着它；只把它作为景点。我们的文化只有作为商业的景点——卖点才有生路，可悲！

不久前，我挺身弄险，纵入到晋中太行山深处，惊奇地发现连那些身处悬崖绝壁上的一个个小山村，也正在被"腾笼换鸟"，改作赚钱的景区。这里的原住民都被想方设法搬迁到县城陌生的楼群里，谁去想那些山村是他们世世代代建造的家园，里边还有他们的文化记忆、祖先崇拜与生活情感？然而即便如此，这种被改造为旅游景区的古村落，毕竟有一种物质性的文化空壳留在那里。至于那些被城镇化扫却的村落，则是从地球上干干净净地抹去。半年前，我还担心那个新兴起来的口号"旧村改造"会对古村落构成伤害。就像当年的"旧城改造"，致使城市失忆和千城一面。

然而，更"绝情"的城镇化来了！对于非遗来说，这无疑是一种连根拔、一种连锅端、一种断子绝孙式的毁灭。

城镇化与城市化是世界性潮流，大势所趋，谁能阻遏？只怪我们的现代化是从"文革"进入改革，是一种急转弯，没有任何文化准备，甚至还没来得及把自己身边极具遗产价值的民间文化当作文化，就已濒危、瓦解、剧变，甚至成为社会转型与生活更迭的牺牲品。

对于我们，不论什么再好的东西，只要后边加一个“化”，就会成为一股风，并渐渐发展为飓风。如果官员们急功近利的政绩诉求和资本的狂想再参与进来，城镇化就会加速和变味，甚至进入非理性。

此刻，在我的身边出现了非常典型的一例，就是本文的主角——杨柳青历史上著名的画乡“南乡三十六村”，突然之间成了城镇化的目标。数月之内，这些画乡所有原住民都要搬出。生活了数百年的家园连同田畴水洼，将被推得一马平川，连祖坟也要迁走。昔时这一片“家家能点染，户户善丹青”的神奇的画乡，将永远不复存在。它失去的不仅是最后的文化生态，连记忆也将无处可寻。

我们刚刚结束了为期九年的中国木版年画的抢救、挖掘、整理和重点保护的工作，才要喘一口气、缓一口气，但转眼间它们再陷危机，而且远比十年前严重得多、紧迫得多。十年前是濒危，这一次是覆灭。

我说过，积极的应对永远是当代文化人的行动姿态。我决定把它作为“个案”，作为城镇化带给民间文化遗产新一轮破坏的范例，进行档案化的记录。同时，重新使用十五年前在天津老城和估衣街大举拆迁之前所采用过的方式，即紧急抢救性的调查与存录。这一次还要加入多年来文化抢救积累的经验，动用“视觉人类学”和“口述史”的方法，对南乡三十六村两个重点对象——宫庄子的缸鱼艺人王学勤和南赵庄义成永画店进行最后一次文化打捞。我把这种抢在它消失之前进行的针对性极强的文化抢救称之为：临终抢救。

我们迅速深入村庄，兵分三路：研究人员去做传承人与村民的口述挖掘；摄影人员用镜头寻找与收集一切有价值的信息，并记录下这些画乡消失前视觉的全过程；博物馆工作人员则去整体搬迁年画艺人王学勤特有的农耕时代的原生态的画室。

通过这两三个月紧张的工作，基本完成了既定的目标。我们已拥有一份关于南赵庄义成永画店较为详尽的材料。这些材料有血有肉地填补了杨柳青画店史的空白；而在宫庄子一份古代契约书上发现的能够见证该地画业明确的历史纪年，应是此次“临终抢救”重要的文献性收获。

当然，最重要的还是我们亲历了中国城镇化背景下农耕文化所面临的断裂性破坏的严峻的现实。面对它，我们在冷静地思考——将采用何种方法使我们一直为之努力来保证文化传承的工作继续下去。

应该说，这是我们面对迎面扑来的城镇化浪潮第一次紧急的出动。这不是被动和无奈之举，而是一种积极的应对。对于历史生命，如果你不能延续它，你一定要记录它。因为，历史是养育今天的文明之母。如果我们没了历史文明——我们是谁？

谁能万里一身行？

昨天，摄影家郑云峰跑到天津来，见面二话没说，就把一本又厚又沉的画册像一块大石板压到我怀里。封面赫然印着沈鹏先生题写的三个苍劲的字：“三江源”。

夏天里，我在北洋美术馆为郑云峰先生举办“拥抱母亲河”摄影展时，他说马上就要出版这部凝聚他二十多年心血的大书，跟着又说他还要跑一趟黄河的中下游，把黄河拍完整了。干事的人总是不满足自己干过的事，总是叫你的目光盯在他正在全神贯注的明天的事情上。

在他的摄影展上，郑云峰感动了天津大学年轻的学子们。谁肯一个人拿出全部家财买一条船，抱着一台相机在长江里漂流整整二十年，并爬遍长江两岸大大小小所有的山，拍摄下这伟大的自然和人文生命每一个动人的细节？不单其艰辛匪夷所思，最难熬的是独自一人终岁行走在山川之间的孤寂。他为了什么——为了在长江截流蓄水前留下这条养育了中华民族的母亲河真正的容颜，为了留下李白杜甫等历代诗人曾经讴歌过的这条大江的死面相，为了给长江留下一份完整的视觉“备忘录”。多疯狂的想法，但郑云峰实实在在地完成了。他以几十万张照片挽留住长江亘古以来的生命形象。为此，我在他的摄影展开幕式上讲道：“这原本不是个人的事，却叫他一个人默默却心甘情愿地承担了。我们天天叫嚷着要张扬自我，那么谁来张扬我们的山河、我们文化的民族？”

提起郑云峰，自然还会联想到最早发现“老房子”之美的李玉祥。他也是一位摄影家，是三联书店的特聘编辑。九十年代初他推出一大套摄影图书《老房子》时，全国正在进行翻天覆地的“旧城改造”。李玉祥却执拗地叫人们向那些正在被扫荡的城市遗产投之以依恋的目光。二十一世纪初凤凰电视台要拍一部电视片《追寻远去的家园》，计划从南到北穿过数百个各个地域最具经典意义的古村落。凤凰电视台想请我做“向导”，可是我当时正忙着启动多项民间文化遗产的普查，便推荐李玉祥。我说：“跑过中国古村落最多的人是李玉祥。”

记得那阵子我的手机上常常出现一些陌生地区的电话号码，都是李玉祥在给电视剧组做向导时一路打来的。这些古村落都曾令李玉祥如醉如痴，这一次却不断听到他在话筒里的惊呼：“怎么那个村子没了，十年前明明一个特棒的古村落在这里呀！”“怎么变成这样，全毁得七零八落啦！”听得出他的惋惜、痛苦、焦急和空茫。也许为此，多年来李玉祥一直争分夺秒地在和这些难逃厄运、转瞬即逝的古村落争抢时间。他要把这些经过千百年创造的历史遗容留在他相机的暗盒里。他是一介书生。他最多只能做到这样。然而他把摄影的记录价值发挥到极致。这些价值在被野蛮而狂躁的城市改造见证着。许多照片已成为一些城市与乡镇历史个性的最直观的见证。李玉祥至今没有停止他的自我使命，依然端着沉重的相机，在天南海北的村落间踽踽独行。古来的文人崇尚"甘守寂寞"和"不求闻达"，并视为至高的境界。然而在市场经济兼媒体霸权的时代，寂寞似与贫困相伴，闻达则与发达共荣，有几人还肯埋头于被闹市远远撇在一边冰冷的角落里？不都拼命在市场中争奇斗艳、兴风作浪吗？

前些天在北京见到李玉祥。他说他已经把江浙闽赣晋豫冀鲁一带跑遍。他想再把西北诸省细致地深入一下。我忽然发现站在面前的李玉祥有点变样，十多年前那种血气方刚的青年人的气息不见了，俨然一个带着些疲惫的中年汉子。心中暗暗一算，他已年过四十五岁。他把生命中最具光彩的青春岁月全支付给那些优美而缄默着的古村落了。

然而，很少有人知道他，因为他并不想叫人知道他本人，只想让人们留心和留住那些珍贵的历史精华。

由此，又联想起郭雨桥——这位专事调查草原民居的学者，多年来为了盘清游牧时代的文化遗存，也几乎倾尽囊中所有。背着相机、笔记本、雨衣、干粮和各种药瓶药盒，从内蒙古到宁夏和新疆，全是孤身一人。他和郑云峰、李玉祥一样，已经与他们所探索的文化生命融为一体。记得他只身穿过贺兰山地区时，早晨钻出蒙古包，在清冽沁人的空气里，他被寥廓大地的边缘升起的太阳感动得流泪。他想用手机把他的感受告诉我，但地远天偏，信号极差。他一连打了多次，那些由手机传来的一些片断的声音最终才联结成他难以抑制的激情。上个月我到呼和浩特，他正在东蒙考察，听说我到了，连夜坐着硬席列车赶了几百公里来看我，使我感动不已。雨桥不善言辞，说话不多，但有几句话他反复说了几遍，就是他还要用三年时间，争取七十岁前把草原跑完。

他为什么非要把草原跑完？并没人叫他非这么做不可，再说也没有人支持他、搭理他。那些“把文化做大做强”的口号，都是在丰盛的酒席上叫喊出来的。他一心只是把为之献身的事做细做精。

然而，这一次我发现雨桥的身体差多了。他的腿因过力和劳损而变得笨重迟缓。我对他说再出远门，得找一个年轻人做伴。“能不能在大学找一个民俗学的研究生给你做做帮手？”他对我只是苦笑而不言。是呵，谁肯随他付出这样的辛苦？这种辛苦几乎是没有回报和任何实惠的。此次我们分手后的第三天，他又赴东蒙。草原已经凉了，今年出行在外的时间已然不多，他必须抓紧每一天。

随后一日，我的手机短信出现他发来的一首诗：“萧萧秋风起，悠悠数千里，年老感负重，腿僵知路迟。玉人送甘果，蒙语开心扉，古俗动心处，陶然胶片飞。”此时，在感动之中，当即发去一诗：

草原空寥却有情，
伴君万里一身行，
志大男儿不道苦，

天下几人敢争锋?

上边说到三个不凡的人。一个在万里大江中，一个在茫茫草原上，一个在大地的深处。当然还有些同样了不起的人，至今还在那里默默而孤单地工作着。